KB051694

유미의 일기장

운명은 없어,
선택만 있을 뿐이야

유미 지음

arte

차례

프롤로그 8

Chapter 1. 근사한 어른이 될 줄 알았어

근사한 어른이 될 줄 알았는데 12

나이 앞에 장사 없어 16

과거는 절대 미래를 이길 수 없는 법 20

어쩜 그렇게 사람이 쿨해요? 24

기억해라, 세상은 냉정하다 28

네 마음 편한 게 그게 정답이지 32

천만다행이다. 오늘밤이 후회가 아니라 기회로 가득 찬 밤이라서 36

현실을 받아들이는 게 가장 아파 40

왜냐고 묻지 마. 인생은 늘 '왜?'의 연속이잖아 44

내가 원하는 건 다 똑같아. 나는 행복하게 지내고 싶을 뿐이야 48

유미 감정 사전 출출 세포 vs. 다이어트 세포 52

Chapter 2. 사랑은 언제나 어렵지

아직 점심 안 먹었지? 그럼 우리 일단 뭐 좀 먹을까? 56

사랑 앞에 쪽팔리는 게 어디 있고 자존심이 어디 있어? 60

그냥 남 주긴 아깝고 자기 하긴 싫은 거겠지 64
주기만 하는 건 너무 힘들어 68
결국 지는 건 더 많이 좋아하는 쪽이라고 72
모두에게 친절한 거 난 싫어 76
이별 앞에서 쿨한 사람이 어디 있겠니 80
결국 지는 건 늘 아쉬운 쪽이라는걸 84
사랑은 전략이야!!! 88
나를 끝까지 믿어주는 사람이 있다는 건 정말 감사한 일이야 92
유미 감정 사전 사랑 세포의 진심 96

Chapter 3. 정말…… 행복한 거 맞아?
표정 관리가…… 안 된다 100
도대체 개인적인 것들이란 뭘 말하는 걸까? 104
왜 싫은 사람을 애써 상대하는 거야? 108
정말? 정말 행복한 거 맞아? 112
거절 못 하는 것도 병이다 116

아니, 그래도 돼 120
때론 지나친 의욕이 결과를 이루는 데 방해가 될 때가 있다 124
저는 그런 질문하는 거 반대합니다! 128
좋은 게 꼭 좋은 것만은 아닌 것처럼 나쁜 게 나쁜 것만은 아닌가 봐 132
적당한 지점을 찾는 게 가장 어려운 일 같다 136
유미 감정 사전 신의 한 수! 140

Chapter 4. 내 이야기의 주인공은 한 명뿐이야
뭐, 물론…… 가끔 좀 외롭긴 해 144
에이, 관두자. 무슨 쓸데없는 생각을 하는 거야 148
이럴수록 너만 상처받는 거 몰라? 152
모두들…… 지켜주지 못해 미안해 156
소중한 걸 소중하게 여기지 않은 대가는 가혹하다 160
빈자리는 금방 티가 난다 164
지금의 선택이 잘한 건지 아닌지는 시간이 지나봐야 알 수 있는 것 아닌가요 168
착하지 않으면 좀 어때 172

두려운 상황을 피해가려고만 하니까 자꾸 가짜 선택만 하게 되잖아 176
중요한 건 어떻게 해결하느냐는 것이지 180
유미 감정 사전 자신감세포가 필요해 184

Chapter 5. 난 그저 행복해지고 싶을 뿐이야
이 기회를 날려버릴 수 없어 밀고나간다 190
설탕이 아니더라도 세상엔 달콤한 게 널려 있지 194
운명은 없어. 선택만 있을 뿐이야 198
싫은 건 싫다고 하고 좋은 건 좋다고 하면 되는 거였어 202
먹는 게 너무 좋은 걸 어떡해 206
분명 나는 잘해낼 수 있을 거야 210
전략은 차고 넘쳐. 부족한 건 용기거든 214
고민한다고 달라지는 것도 아닌데 말이지 218
이 이야기의 주인공은 한 명이거든 222
하고 싶은 대로 해봐. 그래야 나중에 미련이 안 남거든 226
유미 감정 사전 당신의 프라임세포는? 230

프롤로그

안녕하세요.
전 유미의 작가 세포입니다.
요즘 아주 큰 공로를 세우고 있죠. (으쓱)

제가 갑자기 튀어나온 이유는요…….
중요한 걸 하나 전달해드리기 위해서입니다.
여러분도 어릴 때 한번쯤 해보시지 않았나요?
남의 일기장 훔쳐 읽기?

이젠 사회적 지위(?)와 체면(?) 때문에 하고 싶어도 하지 못하실 거 같아, 이렇게 유미의 일기장을 준비했습니다.
(「유미의 세포들」을 좋아하는 분이라면, 유미가 일기 쓰는 거 알고 계시죠?)

이 안에는 유미가 누구에게도 털어놓지 않고 혼자 끙끙대며 써내려간 그동안의 마음들이 들어 있습니다. 그렇기 때문에 물론 저희 세포들의 이야기이기도 하죠.

그리고 어쩌면, 이 이야기는 유미만이 아닌 우리 모두의 이야기일 겁니다.

하루하루를 살아내며 겪는 수많은 마음들, 그것들은 모두 작고 하찮지만 소중한 것들이니까요.

다들 그런 마음들을 갖고 있을 테니까요.

유미의 이야기이지만, 내 이야기도 한 그 일기장을 지금부터 펼쳐보실까요?

오늘의 내 마음은 어땠는지도 한번 돌아보면서요.

물론 이 일기장은 몰래 훔쳐보실 필요는 없습니다. (찡긋)

Chapter 1

근사한 어른이 될 줄 알았어

근사한 어른이 될 줄 알았는데

☼

누구나 그랬겠지만, 나의 학창 시절도 즐겁지만은 않았다. 학교생활은 즐거웠지만, 왜 공부를 해야 하는지 누구도 알려 주지 않았고 높은 수능 성적만이 주어진 인생 목표 같았다. 그땐 정말 삶의 목표를 어디다 둬야 하는지, 가끔 불쑥불쑥 치솟는 세상에 대한 분노는 어떻게 풀어야 하는지, 내일 또 성적표가 나올 텐데 선생님과 엄마한텐 뭐라고 해야 하는지, 그런 고민들에 머리가 터져나갈 지경이었다.
그래도 대학만 가면, 어른이 되면 다 해결될 줄 알았다.
그때의 나에겐 대학이 곧 어른이 되는 길이었으니까.

대학에 진학하자마자 그것이 틀린 생각이었다는 걸 알았다. 인생 목표가 수능에서 취업으로 바뀐 것뿐, 학과 공부는 생각했던 것과 달랐고 취업이 어렵다는 선배들의 불평을 들으며 나도 함께 불안해졌다. 중간고사, 기말고사가 끝나면 토

익 시험이 기다렸고, 취업에 필요한 각종 자격증 시험도 봐야 했다.
그래도 취업만 되면 다 해결될 줄 알았다.
그때의 나에겐 월급이 곧 어른이 되는 길 같았으니까.

그것 역시 틀린 생각이었다는 걸 알기까진 오랜 시간이 걸리지 않았다.
지금의 나는 월급도 받고, 내 삶도 적당히 꾸려가는 것 같지만…… 내가 생각하던 어른이 되지는 못했다.
고등학교·대학교 시절, 내가 어른이라 느꼈던 사람들은 감정을 잘 절제하고 갑작스러운 상황에도 잘 대처하며 무엇보다 강한, 근사한 사람들이었다.
적어도 지금의 나 같지는 않았다.

이제와 생각해보니, 그 강해 보이던 어른들의 나이가 지금 나와 얼마 차이 나지 않는다. 이걸 알았을 땐 눈물이 났다. 그들도 나와 비슷하게 불안하고 근사하지 않았지만, 내게 그런 모습을 보일 수 없어 애써 아닌 척했을 거란 생각에…….

그래도 내 기억 속 그들은 여전히 내겐 근사하다.

이 '근사함'이란 어떻게든 내 삶을 지켜나가던 모습이 아니었을까.
세상은 여전히 힘들고 나에겐 해결해야 할 일들이 산더미 같이 있고, 내일도 출근해야 한다는 생각에 괴로워도, 그럼에도 버티고 지켜나가는 것.
그것이 오늘 내가 생각한 '근사한 어른'이 되는 방법인데, 그런데도 나 왜 이렇게 내일 회사 가기 싫지?

나이 앞에 장사 없어

☼

아침부터 우울하다.
예전 같으면 분명 어제만큼 술을 마셨어도 다음 날 멀쩡했을 텐데, 오늘은 너무 속이 쓰리다.
피부도 유독 푸석푸석해 보이고 눈 밑의 다크서클도 오늘따라 왜 이리 진한지.
나이를 먹은 건가.
나이를 먹는다는 걸 몸으로 느끼면 어쩔 수 없이 슬픈 마음이 든다.
하지만, 그렇다고 이렇게 우울해하고 있을 수만은 없지!
어쩔 수 없는 건 어쩔 수 없다고 생각하는 게 내 건강에 이로우니까.
나 혼자 먹는 나이도 아니고 말이다. (하하하)

나이를 먹어가며 나는 분명 조금씩 달라지고 있다. 내 눈에도 그게 보인다.
어딘가 조금씩 바뀌면서 약해지는 부분도 있고 이게 어른들이 말하던 '나이 앞에 장사 없다'라는 건가 생각이 들기도 한다.
그런데 한편으론, 다시 어린 시절로 돌아갈 수 있는 기회가 있다면?
나는 절대 그러고 싶지 않다.
그 당시 했던 숱한 후회와 좌절들을 다시 한번 경험하고 싶지 않으니까.
어떤 건 지금보다 시간이 더 지난 후에 떠올려도 이불을 세차게 걷어찰 것만 같다.

하지만 안다.
그 사건들이 지금의 나를 만들어왔다는 걸.
지금의 나는 옛날과 같은 일들이 벌어졌을 때 조금 더 담대할 수 있고 의연하게 처리할 수 있다는 걸.
그리고 그런 나를…… 나는 좀 더 좋아하고 있다는 걸.
나이 앞에 장사 없다지만, 나이만큼 성숙해진 나를 내가 많이 사랑한다는 걸.

그런데 아무리 긍정적으로 생각하려고 해도 얼마 전부터 신경 쓰이던 눈가의 주름이 나의 오늘 아침 기분을 예민하게 만든다.
나보다 여덟 살이나 어린 회사 후배를 보고 있자니 나 혼자 나이 먹은 기분이기도 하고.

하…… 아무래도 오늘은 안티에이징 제품이라도 사야겠다.
가장 사랑하는 나를 위해 이 정도 소비는 해줘야지!
아, 그런데 이번 달 생활비에 여유가 있던가?
안티에이징 제품들은 비싼 편인데…….

과거는 절대 미래를 이길 수 없는 법

뭉게뭉게 미래 드라마

웅이가 평소 좋아하는 사람을
주인공으로 출연시켜 일어났으면 하는
미래 상황을 그려보는 가상 드라마

☼

전 남자친구를 우연히 만났다.
내가 좋아하는 얼굴, 우리가 같이 갔던 장소, 늘 자기 본심은 숨기고 애매하게 질문을 던지는 그 버릇까지…….
너무나 여전한 모습에 갑자기 아련히 옛 기억이 떠올랐다.

이별 직후 너무 힘들고 슬퍼서 인생의 흑역사로 기록해놓고 길에서 우연히 만나면 욕이라도 실컷 해주자고 다짐했었는데, 지금 다시 생각하니 함께한 추억들이 다 아름답게 떠올라서 깜짝 놀라고 말았다.
역시 모든 것은 시간이 해결해주는 건가.

하지만 그렇다고 해서, 다시 만난 그에게 예전 같은 감정이 생기진 않았다.
예전에는 나를 그토록 설레게 하던 사람인데.

이미 모든 걸 다 겪어봐서 그런 걸까?
하긴…….
좋아하는 마음이 컸던 만큼, 나는 그 몇 배로 그에게 실망했고 그가 미웠다.
그걸 다 알기 때문에 과거에 뜨겁게 사랑한 온도로 우리가 다시 도달할 수 없다는 건 내가 너무 잘 안다. 경험해보지 않아도 알 것만 같다.
그냥 그는, 한때의 좋았던 그리고 때론 슬펐던 추억으로 의미 있을 뿐이다.
그리고 그 의미는 내 미래를 위해 존재하는 것이겠지.

요즘의 나는 겪어보지 않은 미래가 너무 기대되고 설렌다.
그래서 더더욱 지나간 사랑보다 앞으로 더 뜨거워질 새로운 만남이 더 기대된다.
얼마나 뜨거울 거냐고? 응큼이, 너 잽싸게 들어가지 못해?

야한 장면은
없나 보네?

어쩜 그렇게 사람이 쿨해요?

☼

아침부터 거울을 한참이나 들여다봤다.

얼굴에 붓기는 없는지, 어제의 내 지질함이 얼굴에 남아 있지는 않은지.

왜, 누구에게나 그런 날이 있지 않은가.
처량한 마음이 한껏 몰려드는 날.
내가 어떻게 제어할 수도 없이 세상의 모든 구질구질함이 나에게 달라붙는 날.
솔직히 인정한다.
어제가 나에겐 그런 날이었다.
헤어진 남자친구의 SNS를 밤새 들락날락하는, 그런 짓을 하고 말았다. (걱정하지 마. 흔적을 남기지 않기 위해 가계정으로 접속했으니.)
메신저의 상태 메시지가 '……'인 걸 보고 나에게 남긴 메시지가 틀림없다며 밤새 고민한 사람, 그래 나다.
그러다가 문득 내 신세가 처량해 울고 말았고…… 그것으로도 모자라, 내 온갖 감성을 폭발시키며 일기장에 마음을 적었다. (그거 오늘 아침에 찢어버렸어.)

그리고 오늘 아침, 눈을 딱 뜬 순간…… 이불을 박차며 허공에 발차기를 한 건 당연한 일.
와, 어젯밤의 나…… 뭐지? 어젯밤의 내 감성…… 누구냐, 넌.
이런 지질하고 구질구질한 내 모습을 감추려고 회사에서는 아무렇지 않게 행동했다.

나는 프로니까. 프로답게 사적인 감정은 감출 줄도 알아야지.

그런데 문득 회사 후배가 이렇게 물었다.

"언닌 어쩌면 그렇게 사람이 쿨해요?"

…….

아니야, 네가 틀렸어. 난 한 번도 쿨한 적이 없어.
그리고 세상에 쿨한 사람이 어디 있겠어. 다들 쿨해야 한다는 강박에 사는 거지.
나는 쿨한 것보다, 쿨하지 못한 자신을 인정하는 사람이 더 멋있더라.

와, 그런데 지금의 나…… 어젯밤이랑은 사뭇 다르게 지금 좀 쿨해 보였다. 그렇지?
감성아, 또다시 네게 잠 못 드는 날이 찾아온다면 지금의 쿨한 유미를 기억하도록 해라!

기억해라, 세상은 냉정하다

☼

평소엔 시간이 어떤 속도로 지나가는지 잘 모르고 지내는 편이다.
그러다가 문득 '헉, 시간이 왜 이렇게 빠르지?'라고 느낄 때가 있는데 바로 카드 값이랑 공과금 내는 날. 너무 빨리 돌아오지 않아?
그리고 또 하나, 집 계약 만료일은 왜 이렇게 빨리 돌아오는 거야?
그때만 되면…… 혹시나 월세가 오르진 않을까, 집주인의 사정으로 나가라고 하진 않을까, 늘 가슴 졸이며 지내게 되는 것도 싫다.

올해는 특히, 월세가 오르지 않길 간절히 기도했다.
아는 신, 모르는 신, 모두 소환해가면서 싹싹 빌었는데……
그래, 세상이 언제 내 편이었던 적이 있던가.

세상일에 대한 핑크빛 환상 같은 거 버린 지 오래지만, 이런 날엔 꼭 이렇게 냉정할 필요가 있나 싶기도 하다.
가끔은 착하게 살았으니 이제 그만 마음 편해지라고 내 소소한 소원 같은 건 척척 들어줄 만도 하련만.

하…… 그래도 돌이킬 순 없으니, 이사를 가든가 아님 오른 월세를 어떻게든 감당해보는 수밖에.
그렇잖아. 형체 모를 세상이란 거 때론 원망스럽기도 하지만 그냥 어떻게든 살아보려고 다들 애쓰고 있는 거잖아. 어쩔 수 없다고, 이왕 이렇게 된 거 내가 야무지게 잘 살아보겠다고

마음먹는 게 나의 정신 건강을 위해서도 더 나은 길이니까.

그래도 혹시, 집주인이 마음을 바꿔 월세를 올린다는 걸 없던 일로 하자고 하진 않겠지?
그런 일은 정말 안 벌어지겠지?
그래도 혹시 모르니…… 더 경건하게 기도를 한번 해볼까.

네 마음 편한 게 그게 정답이지

☼

퇴사를 앞두고 고민할 때, 사람들은 앞으로 어떻게 하려고 그러냐고 물었다.
네 나이가 몇인데 그러느냐, 결혼도 해야 할 텐데 돈은 모아야 하지 않겠느냐, 결혼을 못 할 경우를 생각해서 노후 준비는 해야 하지 않겠느냐, 다들 하는 고생인데 왜 너 혼자만 유난이냐…….
일리 있는 말들이다.

나도 어렸을 땐 나이를 먹으면 당연히 하게 되는 것들이라고 생각했다.
취업, 내 집 마련, 결혼, 육아, 탄탄한 노후 준비 같은 것들 말이다.
하지만 지금의 나는 안다.
세상에 당연한 건 없다는 걸 말이다.

또 '남들이 다 하는 것'이라는 카테고리는 애초에 존재하지 않는다는 걸 말이다.

그래서 퇴사를 했다.
일리 있는 말들이지만, 내 마음엔 적용되지 않아서.
물론 가끔 주변을 둘러보면 다수가 가고 있는 길에서 내가 벗어나고 있는 것 같아 불안하기도 하고 초조해지기도 하지만, 또 다른 면을 보면 내가 그들보다 나를 위해 조금은 더 행복하게 살고 있는 것 같기도 하다.
물론 퇴사가 무조건 정답은 아니다. 그렇지만 나는 내가 하고 싶은 일을 해보기 위해서 나에겐 퇴사가 필요조건이었다.

걱정스레 건네는 사람들의 말도 분명 맞다. 그걸 부정하지는 않는다.
그래도 나에게 가장 중요한 건, 내 마음이 어딜 향하고 있는지 아는 거였다.
어쩌면 미래의 유미는 지금의 선택을 후회할 수도 있겠지만, 적어도 내가 지금처럼 건강하고 밝게 지내는 걸 후회하지는 않을 거 같다.

내 마음이 편한 쪽을 향해 가는 것.

그게 지금 내가 서 있는, 오늘의 정답 방향이다.

천만다행이다. 오늘밤이 후회가 아니라
기회로 가득 찬 밤이라서

☼

모르는 것보다 아는 게 더 많아지고 있다는 생각이 든다. 새로운 것보다 해본 것이 더 많아지고 있는 것 같고. 다른 삶에 눈을 돌리면 분명 내가 모르는 것, 새로운 것투성이일 테지만 지금 내 삶을 구성하는 세계는 조금 무료하다.

그러다 보니, 어느 순간 그런 생각이 들었다.
나는 더 이상 새로울 거 없이 그냥 이렇게 살겠구나.
더 잘될 일도, 더 나아지는 일도 없이 별다를 거 없는 날들이 이어지겠구나.

그러다가도 아주 가끔은 무언가에 가슴이 뛰며 아직 인생을 바꿀 기회가 있는 게 아닐까 싶은 때가 있다.
언젠가 꼭 가보고 싶은 장소가 생겼을 때, 꼭 먹어보고 싶은 음식이 생겼을 때, 그리고 꼭 해보고 싶은 일이 생겼을 때.
하지만 '언젠가'는 지금을 바꿀 힘이 세진 않아서, 조금 빨라진 심장 박동은 아주 쉽게 잦아들었다. '꼭' 이라는 말이 무색하게도…….

하지만 오늘 밤은, '언젠가'가 아니었다.
큰 걸 바꾸진 못하겠지만, 지금 당장 내 눈앞의 작은 것들을 바꿀 수 있을 것 같다는 확신이 드는 아주 특별한 날이었다.
그래서 이렇게 헤어지는 것보단, 그를 돌려세워 내 마음을 솔직하게 전달하는 편을 택했다.
그의 대답은 아직 듣지 않았지만 평소 나답지 않은 돌발 행동을 하고 나니, 새로운 일이 펼쳐질 것만 같아 가슴이 뛰고 내 몸속 엔도르핀이 축제라도 벌이는 것처럼 흥분 지수가 샘솟고 있다.

나의 내일이 어떻게 될지는 모르겠지만, 적어도 아직은 내가 모르는 것이 많고 새로운 날들이 있는 것만 같은 이 기분. 어떻게 표현해야 할까.
'아름다운 밤이에요?' 아니, 이건 왜 그런지 모르지만 조금 올드해 보이고……
'기회로 가득 찬, 천만다행인 밤.' 이 정도가 좋겠다.
말하고 보니…… 뭔가 근사한데, 난 역시 작가를 할 몸인가!

현실을 받아들이는 게 가장 아파

☼

큰 꿈을 가지라던 조언들이, 꿈을 포기하는 용기도 필요하다는 조언으로 바뀌는 시기는 누구에게나 찾아온다. 마치…… 미래를 준비하기 위해 현재를 포기하는 일이 사실은 더 현명하다는 말처럼 들리는 때.
언제든, 누구에게든, 현실을 받아들여야 할 때는 반드시 오는 것 같다.
모두가 성공만 계속하며 살 수는 없는 거니까.
그래도…… 가슴이 아픈 건 어쩔 수 없다.

나에게 그 순간이 찾아왔을 때, 내가 더 아팠던 이유는 나 역시 내 꿈을 이룰 만큼 충분한 재능이 없다는 걸 알게 됐기 때문이다. 또 지금 내 사정에 꿈만을 쫓는 건 무리였다는 사실을 느꼈기 때문이고.

마치 내가 좋아하는 사람이 나를 좋아하지 않는다는 걸 새삼 실감한 때처럼, '포기'라는 말 앞에서 나는 무기력해졌고 아무것도 할 수가 없었다.

하지만 그 현실을 받아들이려고 한 찰나, 경쟁심이라곤 전혀 없다 생각했던 내 전투력이 뜻하지 않게 불타오른다.
생각했던 것만큼 내게 재능이 없단 걸 알게 되었지만, 얼마나 내가 열심히 했는지 돌아보게 되었으니까.
그리고 알았다. 나는 아직 내가 원하는 만큼 열심히 해보지도 않았다는 걸.
공모전 마감이 코앞에 닥쳐서야 부랴부랴 원고지를 채웠고, 오늘 쓰려고 했던 걸 내일의 유미에게 미루고 떡볶이를 사러 달려 나가기 일쑤지 않았던가!

그래서 이젠 정말 마지막 기회라고 생각하고 불태워보기로 했다.
그 증거로 어제 새벽 3시까지 밀린 드라마를 다 봤을 정도다.
왜냐하면, 오늘부터 진짜 열심히 불태워야 되니까!

이런 내가 실망스럽지만, 아…… 그 현실을 받아들이는 것도 너무 아프지만.

그래도 이게 나, 유미다.

왜냐고 묻지 마. 인생은 늘 '왜?'의 연속이잖아

☼

억울한 일이 생길 때마다 어떻게 억울한 거 하나 없이 살겠냐고, 괜찮다고 나를 다독였다.
하지만 한편으론 '왜 내게 이런 일이 생기는 걸까' 궁금하고 원망스러웠다.
왜 그렇지 않겠어?
괜찮다고 생각한다 해서 정말 괜찮다면, 세상에 고민 있는 사람이 어디 있겠냐고.

그런데 말이야…….
시간이 흐른 후에 돌아보면, 억울하다 생각했던 그런 일이 그럴 만한 일이었다 생각될 때가 있기도 했다. 그리고 그 억울한 감정이, 내가 '왜'냐고 물었던 마음이, 나를 더 좋은 쪽으로 바꾸기도 했더라고.

예를 들어, 첫사랑과 이별했을 당시 나는 일기장에 이렇게 썼다.
'세상엔 첫사랑과 이루어진 낭만적인 이야기들이 많은데, 왜 나는 그런 이야기의 주인공이 될 수 없는 거지?'
첫사랑과 이루어진다니…… 지금 상상하면 아찔한 일이다.
그 상대였던 애, 돌이켜 보면 정말 내 스타일이 아니거든.
그 덕분에, 두 번째 남자친구도 만났고 세 번째 남자친구도 만났고…….
내 연애는 행복과 슬픔이 반복된 만큼 더 나아졌고 나아지고 있다고 믿으니까.

옛날엔 '인생이 다 그런 거다'라는 말들을 허투루 들었다.
어른들의 촌스러운 위로라고 생각했는데, 이젠 정말 인생은 다 그런 거라는 걸 안다.
억울하고 힘들어도, 다 지나갈 거고 지나갈 것이기에 어쩔 수 없고 어쩌면 그게 더 나은 방향으로 나를 이끌 거라는 걸.

그러니까 오늘은 '왜'라고 묻지 않을 거다. 왜 이 타이밍에 배가 아픈 거냐고 묻지 않겠다!
그냥 지금 당장 화장실로 뛰어가자!

남자친구랑 오랜만에 함께 보낼 시간이 생긴 게 대수야?
지금 내 장이 이렇게 요동치고 있는데?
잠시 후, 나의 배는 아주 편안해진 상태로 '아까 화장실로 달려가지 않으면 정말 큰일 날 뻔했어'라고 생각할 게 분명하니, 당장!

내가 원하는 건 다 똑같아.
나는 행복하게 지내고 싶을 뿐이야

☼

가끔 이상한 꿈을 꿀 때가 있다.
내가 아주 귀여운 작은 동네에 들어선다.
그곳은 낯설지만 친숙하고, 모든 것이 나를 위해 이루어진 것만 같다.

지난 밤 꿈에 다시 그곳을 방문했다.
마을 게시판엔 이상한 리스트가 있었는데, 그것의 1순위엔 다름 아닌 내 이름이 있었다.
그걸 보고 알았다. 이 꿈은 상처받은 나를 위해 만들어졌다는 걸.

더 이상은 연애에 목을 매지 않을 것이다.
예전엔 연애를 할 때 1순위가 상대였다면, 이제 1순위는 언제나 '나'뿐이다.

이기적인 마음이라기보단, 이타적인 마음이라고 하자.
내가 행복해야 진정으로 누군가를 행복하게 만들어줄 수 있다는 걸 깨달은 까닭이라고 하자.

그렇게 생각하면 내가 행복해야 할 이유는 너무 많다.
우리 엄마아빠를 더 행복하게 해주고 싶으니까.
내가 사랑하는 사람들을 더 행복하게 해주고 싶으니까.
그리고 그게 진정 나를 위한 일이니까.

어릴 때부터 내가 원했던 것들, 갖고 싶었던 것들, 지금까지 나를 버티게 만들었던 것들.
그것들을 하나둘 떠올려보면 어느 하나 나의 행복을 위하지 않은 것이 없다.
그렇지, 세상에 어느 누가 불행을 좇아 살아가겠어.
나의 지금이, 과거부터 내가 행복을 좇아온 결과라고 생각하면 지금 더 행복해지고 싶은 이 마음을 단순히 과욕이라고 볼 수만은 없지 않은가.

For Me! 나는 더 행복해지고 싶다.

너는 이제
사랑이 아니라
분노인데?

유미 감정 사전 1.

출출세포 VS. 다이어트 세포

오늘도 아는 맛과 모르는 미래 사이에서 나는 싸우고 있다.

지금, 내 혀와 내 위장이 원하는 건 단 하나.
노릇하게 튀겨 한 입 베어 물면 바사삭 튀김옷이 부서지며 그 속에 수줍게 숨어 있던 육즙이 팡팡 튀어오를 치킨의 위대한 맛.
그리고 그 뒤를 이어 청량감으로 내 식도를 더 윤기 있게 만들 시원한 맥주 한 잔!

지금, 내 머릿속이 애써 그리고 있는 모습은 단 하나.
너무나 사고 싶은 옷을 입고, 이쪽으로 저쪽으로 어디를 봐도 내 마음에 쏙 드는 나의 모습.

그리고 지금, 내가 아는 것 단 하나.

어차피 아는 맛이 이길 거라는 사실.
고민은 주문 후에 해도 늦지 않는다는 사실.
후회는 먹고 난 후에 할 테지만, 그때는 적어도 입안의 만족감은 있을 거라는 사실.

사고 싶은 옷, 지금보다 조금 맵시 있는 몸.
다 좋지만, 무엇보다 좋은 건 맛있는 음식인 걸.

어른이 되면, 좀 더 굳센 의지와 다이어터의 기개가 따라올 줄만 알았다.
아는 맛이 제일 무섭다는 사실을 깨닫게 되는 게 어른일 거라는 걸 꿈에도 몰랐다고.
다이어트를 하기엔 나는 맛있는 맛을 너무 많이 알고 있는걸!

Chapter 2

사랑은 언제나 어렵지

아직 점심 안 먹었지?
그럼 우리 일단 뭐 좀 먹을까?

☼

내게 '뭐 좀 먹자'는 말은 마법의 주문과도 같다.

친해지고 싶은 사람이 생겼는데 어떻게 말을 건네면 좋을지 모르겠을 때.

막상 마주했는데 말문이 딱 막혀 어색한 침묵을 깨고 싶을 때. 바로 이 말 한마디면 모든 게 해결되는 거다.

그뿐인가.
같이 음식을 먹으면서 서로의 식성에 대해 이야기하다 보면 없던 이야깃거리도 생겨나고 그 음식에 대한 자기만의 추억이나 맛있게 먹는 팁 등을 나누며 더 친해질 수 있는 기회가 되었다.
콩국수에는 소금을 넣어야 하는가, 설탕을 넣어야 하는가, 하는 문제로도 30분을 토론할 수 있는 게 우리 문화 아니던가! (나는 이렇게 생각한다. 콩국수는 짬짜면처럼 반씩 나와야 한다고. 그래야 소금 넣어서도 먹고 설탕 넣어서도 먹지. 어떻게 먹어도 맛있으니까!)

언제였더라.
이젠 얼굴도 가물가물한 대학 선배가 내게 "뭐 좀 먹을래?"라는 말을 했을 때, 내 위장만큼이나 설레발 세포도 가열찬 움직임을 보였더랬다.

그 선배가 내게 알려준 유일한 게 있다면, 함께 무엇을 먹자고 제안하는 것만큼 마음의 벽을 허물기 쉬운 건 없다는 거였다.

그 사람과 만나면 무슨 말을 해야 할지 온갖 고민을 했지만 결국은 오늘도 "뭐 좀 먹을까?"라고 묻고 말았다.
"좋지"라는 그 말이 마치 나를 좋아한다는 것 같아서 설렌 건 비밀.

사랑 앞에 쪽팔리는 게 어디 있고
자존심이 어디 있어?

☼

자존심을 세우다가 사랑을 놓친 적이 있는 사람은 안다.
자존심이야말로 사랑 앞에서 하등 쓸모가 없는 것이라는 걸.

은연중에 우리는 자존심이 센 게 멋있는 거라고 세뇌당하고 산 것 같다.
사람들은 자기주장이 강한 사람에겐 "쟤는 자존심이 좀 센 편이야"라고 말하지만, 남을 배려하느라 가끔 손해도 보는 사람에겐 "걘 자존심도 없나 봐"라고 면박하는 말을 하지 않는가.
이런 말들만 봐도 '자존심'이라는 건 없는 것보단 센 게 더 멋있어 보인다.
그래서 우린 용기가 없어서 하지 못하는 것들에 대해서도 '자존심 상해서 안 해'라는 표현을 쓴다. 그래야 내가 놓치는 것들에 변명의 여지가 생기니까.

그런데 정말 자존심이 센 게 멋있는 걸까?

요즘은 옛날에 듣던 그 말들에 괜한 반발심이 생긴다.
실체도 없는 자존심이란 걸 내세우다가 놓친 것들이 많다는 걸 깨달은 다음부터다.
자존심보다 더 멋있는 게 용기 있는 태도라는 걸 알게 된 후부터다.
특히 이 자존심이란 건 사랑과 만났을 때 나에게 이득이 아닌 후회만 남긴 적이 더 많다. 그 후회는 내 마음 한번 제대로 전달하지 못한 사랑을 뭐라 부를 단어가 없다는 걸 알게 되었을 때 가장 커졌다.
짝사랑은 나 혼자 상대를 좋아해야 성립되는 말인데 상대의 마음을 물어본 적도 없이 어떻게 그의 마음을 알고 그런 이름을 붙이겠는가. 서로의 마음을 확인하지 않았으니 그 감정은 쌍방향의 사랑도, 혼자만의 짝사랑도 아니었던 셈이다.

이런 단어도 없는 감정들을 몇 번이고 흘려보낸 나는 사랑 앞엔 창피한 것도, 자존심도 없다는 결론을 내렸다.
오히려 말하지 못하고 끙끙대는 내 모습이 더 창피하고 자존심 상하는 일이었으며, 말하지 않고 전달되는 진심은 세상에 그 어떤 것도 없다고.

그래서 나는 오늘도 전력을 다해볼 예정이다.

아, 나 좀 멋있지……?

그냥 남 주긴 아깝고 자기 하긴 싫은 거겠지

☼

친구가 연애 상담을 요청해왔다.
요즘 내 코가 석 자긴 하지만, 지난 사랑이 끝났을 때 내 우울한 얘기를 다 들어줬던 친구인 만큼 오늘은 내가 얘기를 들어주기로 했다.
마음에 드는 사람이 있어서 고백까지 했는데 친구로 지내는 게 좋겠다고 딱 잘라 말해놓곤 애매하게 대하기 시작했단다. 감기에 걸렸다는 친구 말에 바로 약을 사서 달려오고, 늦은 밤에는 잠도 안 오는데 전화해도 되냐고 하더니 한 시간 넘게 자기의 고민이나 근황을 이야기하더란다. 그래서 친구가 다음에 같이 영화라도 보자고 했더니, 자긴 영화관 잘 안 간다면서 다른 사람이랑 보라고 했다나.

삐이-
거기까지 들은 순간, 적색경보가 켜졌다.

남의 연애에 참견하지 않는다는 내 신조를 어기고야 말았다.

친구야, 그 남자는 안 돼.
그건 너에게 마음이 있다는 게 아니고 그냥 자기 갖기는 싫고 남 주기도 아까운 거야.
그런 건 말이야…… 나한텐 딱히 어울릴 것 같지도 않은데 한정판이고 딱 하나 남았다는 멘트에 살까 말까 망설이는 거랑 다를 게 없다는 거다.
내 스타일도 아니고 사이즈도 조금 클 거 같은데, 지금 내가 손에 잡지 않으면 아까부터 내 반응을 살피는 옆의 사람이 채가서 너무나 예쁘게 입을 것 같고…… 그건 싫은 그런 느낌이랑 다를 바가 없다.
하물며 물건은 내가 제값은 치루고 사는 건데, 진지한 상대의 마음을 어떤 대가도 없이 자기에게 붙들어두려고 하는 건 정말 나쁜 일 아닌가.

더 좋아하는 마음. 그건 나쁜 게 아니다.
그런데 그걸 이용해서 내가 외로울 때 힘들 때 쓰려고 옆에 두는 건, 나쁜 마음이다.

아마 친구도 알고 있었을 거다.
그 사람이 자신에게 몹쓸 짓을 하고 있고, 여기에 휘둘리면 안 된다는 걸.
하지만 사람 마음이라는 게 알면서도 나 자신조차도 어떻게 할 수 없는 법이라, 그냥 그가 가끔 보여주는 친절한 마음에 동요하고 흔들리는 거겠지.
이렇게 말은 하지만, 나 역시도 몇 번을 그런 사람의 장난에 휩쓸리지 않았던가.

그런데 친구야, 이건 확실해.
그런 사람들, 꼭 너한테 준 것 이상으로 다른 곳에서 돌려받을 거야.
사람 마음을 가지고 장난친 대가는 상상보다 더 가혹하더라고.
그러니 그냥…… 어쩔 수 없는 마음은 흘러가게 두되 너무 상처받지는 않았으면 좋겠어.
그게 내가 해줄 수 있는 유일한 조언이었다.

주기만 하는 건 너무 힘들어

☼

지금보다 연애 경험이 많이 없을 땐, 좋아하는 사람에겐 뭐든 다 주고 싶었다.
길을 걷다가 예쁜 옷을 보면 그 사람이 입으면 예쁠 것 같다는 생각이 들었고, 맛있는 걸 먹을 때면 같이 먹고 싶었다.
상대가 내게 아무것도 되돌려주지 않아도 그냥 내가 주고 싶으니까 그러면 됐다 싶었다.
그런데 어느 순간, 난 이렇게 뭐든 해주고 싶은데 저 사람은 그렇지 않은 건가? 하는 마음이 들었고 곧 서운해졌다.

그렇게 이별이 찾아왔다. 뭔가 정해진 수순 같았다.
내가 좋아하는 만큼 그는 나를 좋아하지 않았다는 걸 알고 있었다.
그럼에도 내가 좋아하는 마음이 더 커서 그걸로 덮으려고 했다는 걸, 그래서 나는 연애를 하면서도 너무 힘들었다는 걸…… 그 연애가 내게 가르쳐줬다.

그 이후, 누군가에게 호감이 생겨도 먼저 표현하지 않았다. 좋아하는 마음을 들키지 않으면, 상대가 더 적극적이 될 거라고 생각했다. 내 마음을 다 보여주는 건, 결국 내가 상처받는 길이라 여겼다.
하지만 그것도 잘못된 것이었다.
표현하지 않는 마음은 돌아올 것도 돌려받을 것도 없는 '0'이나 마찬가지였고, 나를 지키기 위해 했던 내 선택은 나에게 아무것도 일어나지 않는 상황만 만들어냈다.

이번엔 그러지 않기로 했다.
마음의 문을 아주 조금씩만 열어보려고 한다.
단숨에 다 열면 또 예전 같이 마음에 대홍수가 일어날 수도 있으니까.
무엇이 다가와도 막을 수 있는 마음의 방패도 장착하고, 나를 지켜가며 내가 최우선인 사랑을 해보기로 했다.
좋아도 아닌 척하고, 싫어도 아닌 척하고, 아픈데도 일부러 안 아픈 척하는, 괜찮은 척만 하는 그런 거 말고. 주는 만큼 받아보기도 하고 받는 만큼 주기도 하면서 맞춰가는 일을 다시 한번 해보기로 했다.

과거의 상처 때문에 또다시 사랑도 못 한다는 건, 그것 역시 나한테 너무한 일이고 그리고 어찌 됐든, 사랑하는 내가 나는 좋으니까.

결국 지는 건 더 많이 좋아하는 쪽이라고

☼

어릴 때부터 수없이 많은 경쟁을 해왔다.
학교 성적부터 대학 입시, 취업까지 경쟁을 하지 않고 얻을 수 있는 결과는 거의 없었다.
하긴 태어날 때부터 수많은 정자 경쟁에서 승리한 하나만이 인간으로 탄생하니, 우리의 DNA에는 '경쟁'이라는 것이 자연스럽게 있는 건지도 모르겠다.
그 당연한 게 사람을 지치게 하는 것이기도 했다.
내가 이기기 위해서 누군가는 반드시 져야 했고, 내가 조금이라도 실수하면 누군가는 웃을 수도 있었다.
그 구도가 나는 너무 힘들었다.

사랑 역시 하나의 경쟁이었다.
좋은 연인을 쟁취하기 위해서 나는 다른 사람들보다 보는 눈도 뛰어나야 했고 자연스레 친해지는 친화력도 있어야 했으며 심지어는 나와 그 남자가 동시에 서로를 좋아하는 운도 있어야 했다. 이건 정말 러시안룰렛 같은 것이었다.
그렇게 해서 연애를 시작한 후엔 주도권 싸움이란 게 있었다.
친구들은 내게 초장에 우선순위를 잡아야 한다고, 그래야 앞으로가 편하다고 했다.

그런데 난 왜 그러기가 싫은 걸까.
나는 사랑하는 사람에겐 무조건 져주고 싶었다.
별거 아닌 일로, 내가 그냥 이해하고 넘어갈 수 있는 일로 싸우고 상처 주고 상처받고 싶지 않았다.
애초에 다르게 살아온 사람들이 우연히 만나 호감을 쌓고 연애를 시작하게 됐는데, 하나하나 알아가는 과정은 분명히 필요했다. 당연히 이해하기 힘든 부분도 있을 테고, 아무리 노력해도 이해할 수 없는 부분도 있을 거다.
그런데 그건 상대도 마찬가지 아닌가?
왜 그걸 싸우며 바꿔보려고 하고, 오로지 나한테 맞추려고 하는 거지?

나는 그러고 싶지 않다.
사귀기 전에 너무나 애틋했던 마음, 그것만 기억하며 가능한 이해해주고 맞춰가고 싶다.

그게 '지는 것'이라면 그냥 지려고.

더 좋아하는 쪽이 지는 거라고 하는데, 사실 그러면 좀 어때.

지금까지 이렇게 숱하게 이기고 살아왔는데 사랑에는 좀 져줘도 되는 거잖아.

더 좋아해도 되는 거잖아.

모두에게 친절한 거 난 싫어

☼

타인에게 친절해야 한다고 배워왔다.
곤란한 일을 겪는 사람을 보면 나서서 도와주는 것, 그게 도덕적으로 올바른 것이라고 생각했다. 누군가 흘린 지갑을 주워 경찰서에 가져다주고 착한 어린이상을 받기도 했고, 다리 다친 친구의 등하교를 한 달 넘게 도와줘서 선생님에게 칭찬을 받기도 했다.
착한 아이가 되어야 한다는 강박도 있었던 것 같다.
타인이 나를 어떻게 생각할지 신경 쓰며 무리해서 '착하다'는 이야기를 들을 만한 행동을 하기도 했다.

그런데 그게 가까운 사람들한테는 아니었다.
내가 어떻게 하든 날 좋아할 사람들에겐 오히려 냉정했고, 내 친절은 나와 관계없거나 잘 모르는 사람들에게만 향해 있었다.

“넌 왜 상관없는 사람들한테만 그렇게 잘해?”라는 친구의 물음을 들었을 땐 뒤통수를 한 대 크게 얻어맞은 기분이었다.

그때 알았다.
친절이 선행이 되는 건 나의 악의 없는 행동으로 인해 상처를 입거나 외로워지는 사람이 없을 때의 일이었다.
어른이 되며 깨달은 건, 내가 누군가에게 선행을 베푸는 동안 정작 다른 쪽에서 나와 가까운 사람들은 나의 뒷모습만 보고 있을 수도 있다는 점이었다.

친구에게 볼멘소리를 들은 후 주변을 살펴보니, 모두에게 친절한 사람치고 주변 사람에게 더 잘하는 사람은 드물었다.
인간관계에도 우선순위가 있다면, 나를 별로 중요하게 생각하지도 않는 사람들을 돌보느라 우선순위인 사람들을 놓치는 건 우습고도 바보 같은 짓이었다.

다정도 병이고 친절도 병이라면, 나는 중증 환자 수준이었다.
정작 주변과 내 마음이 병들어가는 건 살피지도 못하는 주제에.

그래서 이제는 지금 내가 제일 챙겨야 할 대상부터 돌보기로 했다.
그건 바로 내 옆을 오래오래 지키고 있는 가족들과 나의 친구들, 또 내가 사랑하는 사람.

그리고 제일 중요한 건, 무엇보다 나의 마음이다.

이별 앞에서 쿨한 사람이 어디 있겠니

☼

나이가 들었다고 해서 이별에 덤덤해진 것은 아니다.
이별은 여전히 마음 아픈 일이고, 매번 마음속엔 엄청난 폭풍우가 몰려온다.

특히 퇴근 후에 집에 돌아와 멍하게 있다 보면, 나도 모르게 그와 함께한 추억들이 장밋빛 필터까지 덧쓴 상태로 머릿속에 재생된다.
지금이라도 연락해서 진심이 아니었다고, 헤어지잔 얘기는 없던 걸로 하자고 해볼까 하는 마음을 수차례 견뎌내고 그의 연락처를 지우고 기억 속에서 전화번호마저 삭제하려면 좀 많은 시간이 걸린다. 여전히 말이다.

하지만 지금의 나는 이별 앞에 무력하지만은 않다.
아무렇지 않은 척 출근하고, 평소와 다름없이 잘 웃고 밥도 잘 먹는다. 사람들이 내게서 이별의 어떤 흔적도 발견하지 못하길 바라며 보통날처럼 하루를 보낸다.
그리고 예전처럼 다신 사랑 같은 거 안 하겠다고 울고불고하지도 않는다.

이별이 있으니까, 또 다른 사랑이 찾아올 수 있다는 걸 알고 있다.
뭐…… 내가 아무리 애써도 숨도 못 쉴 만큼 슬픈 밤은 또다시 찾아올 것이다. 그래도 괜찮다. 내일은 다시 보통날일 테니까.

잘 모르는 사람들은 이별한 사람 맞느냐고 묻는다. 어쩜 그렇게 쿨하냐고.
이런 내 모습이 누군가에겐 쿨하게 보일 수도 있겠지만, 이별해본 사람은 알 거다.
쿨한 게 아니고, 정말 지질한 상태라서 그 모습을 누군가 보기를 원하지 않는 거라는 걸.

뜨겁게 사랑했다면 누구도 이별 앞에서 쿨할 수 없다.
그냥 이 순간이 지나가기를 그렇게 간절히 바랄 뿐이다.

결국 지는 건 늘 아쉬운 쪽이라는 걸

☼

바쁜 와중에 노트북이 고장 나고 말았다.
급한 마음에 AS센터에 전화를 했는데, 접수하고 방문해서 수리를 맡기면 일주일은 걸린단다. 아니, 우리 배달의 민족이잖아요. IMF도 그 어떤 국민보다 빠르게 극복해서 한강의 기적을 보여줬잖아요! 제 노트북에도 좀 보여주세요, 그 기개!
……당연히 이렇게 말하지 못했고, 중고 사이트에 접속했다.
사실 너무 오래된 노트북이라 조마조마했었거든.
그렇다고 새 제품을 사기엔 지금의 경제 사정이 여의치 않으니, 일단은 쓸 만한 녀석을 중고로라도 장만해 바로 다시 일을 해야 했다. (아, 하루 벌어 하루 먹고사는 이 하루살이 같은 인생이여…….)

내가 생각하던 사양의 적당한 제품을 찾았는데, 이런……

내가 생각했던 것보다 딱 5만원 비싸다. 이럴 때를 위해 그동안 아껴둔 협상을 위한 모든 힘을 발동시켜 '학생입니다', '지방 삽니다' 등등의 이유를 대보았지만, 상대도 만만치 않았다.
결국 네고('negotiation ⓝ 협상, 절충, 협의'의 약자. 신조어 아님. — 이상, 유미의 작가 세포 씀)에 실패한 나는…… 어쩔 수 없이 처음 가격에 노트북을 사고 말았다.
왜냐하면, 지금 당장 노트북이 없어서 아쉬운 건 나니까.

중고 거래에서는 아쉬운 사람의 경쟁력이 약할 수밖에 없다.
내가 다른 제품을 기다릴 시간이 있었더라면, 내 (구) 노트북이 기사회생할 가능성이 조금이라도 더 높았다면, 나는 그 거래에서 아쉬움이 덜했을 거다.
하물며 중고 거래에서도 이런데…… 감정을 거래하는 시장에서 이 줄다리기는 더 치열하다.
당연히 아쉬운 사람은 힘이 없는 법.

이제야 알겠다.
아빠가 엄마한테 왜 매번 먼저 미안하다고 했는지.
내가 볼 땐 엄마가 잘못한 일인데도 왜 아빠가 늘 먼저 사과

했는지.

엄마가 화가 나면 벌어질 일(3박 4일 곰국 혹은 3박 4일 카레)을 너무나 잘 알기에, 더 이상 힘을 쓰지 못했던 거다.

그리고 물론, 엄마를 너무너무 사랑하니까 지는 게 편했던 거다.

하…… 그러고 보니, 이번 중고 거래 좀 성공적이다. 이런 엄청난 삶의 교훈을 얻었으니!

사랑은 전략이야!!!

☼

예전에 사귄 남자친구는 매운 음식을 못 먹었다.
거의 아기 단계 수준의 매운 맛만 입에 대던 그 애 때문에 함께 떡볶이를 먹을 때면 궁중떡볶이나 짜장떡볶이를 먹어야 했다.
매운 걸 못 먹는 사람에게 매운 걸 먹으라고 하는 건 벌칙이지만, 매운 걸 잘 먹는 사람은 안 매운 것도 잘 먹으니까 당연히 내가 맞춰줘야 한다고 생각했다.
그래서 매운 음식 마니아를 자청하면서도 단 한 번도 그 사람에게 매운 걸 먹으러 가자는 말은 하지 않았다.

그래서였을까.
말다툼을 했던 날, 내 기분을 풀어준다고 찾아온 그의 손에 들린 건 안 매운 떡볶이였다. (떡볶이 외길 인생 20년 이상이면 봉투에 소량 묻은 양념만 봐도 맵기의 정도를 알 수 있다.)

그는 그때 우리가 헤어진 이유를 정확히 알지 못했겠지만, 지금 생각해보면 그 순간이 이별의 결정타였다. 나 혼자 배려하고 있음을, 나에 대해 아무것도 알려고 하지 않았음을 바로 그 떡볶이로 인해 알게 됐기 때문이다.

나는 사랑에도 전략이 필요하다는 말에 동의한다.
누군가를 좋아하게 되면, 그 사람이 원하는 걸 해주고 싶어지는데 그러려면 그의 성향을 하나하나 알아가야 하기 때문이다.
그래서 내가 생각하는 사랑의 전략은 관찰에서 시작돼 마음이 원해서 하는 배려로 실천되는 모습이다.

YUMI

나를 끝까지 믿어주는 사람이 있다는 건
정말 감사한 일이야

☼

새해 첫날이면 나의 자신감은 무한대로 치솟는다.
올해는 무엇을 해도 잘해낼 것만 같고 나에게 아직 무한대의 능력이 숨겨져 있는 것 같고, 이번에는 작심삼일이 아니라 작심 일 년이 될 것 같은 이 기분!
마치, 진화하는 포켓몬의 기분이 이런 걸까 싶다.

분명 사흘 후엔 언제 그랬냐는 듯 이 기분이 사라질 것을 그동안의 경험을 토대로 알고는 있지만, 그래도 3일간의 나는 그 어느 때보다 강하다.

내 주변 사람들 역시 나에게 한층 더 관심을 보이는데, 아마 그들도 자신감으로 충만할 때라 타인에게도 너그럽게 응원과 사랑을 보여줄 수 있는 것 같다.
그들은 말한다. “우리 유미 정도면 어디에 내놔도 안 빠지지.", "재가 어릴 때부터 똑똑했잖아."
(물론 그 전에 취업, 경력, 결혼에 대한 이야기도 잔뜩 하지만 지금의 나는 자신감으로 넘치니까 흘려듣는다!)
나는 기억도 못 하는 어린 시절에 대한 이야기는 부담이기도 하지만, 자신감이 떨어질 때면 나를 독려해주는 자산이 되기도 한다.
내가 못할 리가, 나는 분명히 타고났어! 증인이 존재하기에 근거가 생기는 자신감들은 내가 지치고 힘들 때 아주 유용하다.

그럴 때면 알게 된다.
나를 알아주는 사람들이, 믿어주는 사람들이 있다는 게 얼마나 중요한 일인지를 말이다.
분명 그들은 우리에게 다른 사람들과 똑같은 길을 가야 잘 사는 거라고, 살아보니 세상이 정해놓은 기준 같은 게 있고 거기에 순응하는 게 제일 성공하는 길이라며, 우리는 아직 겪지 못한 미래에 정답을 정해주려고도 하지만 이젠 안다.
관심이 없으면 하지도 않을 말이라는 걸.
그리고 그 기대에 부응하기 위해 더 행복해지기 위한 노력을 한다.

내게 조언해주는 길대로 가지는 않을 거지만, 나는 누가 뭐래도 내 인생을 내가 스스로 만들어갈 거지만 그래도 믿어주는 그 사람들을 위해 조금씩 더 행복해질 거다.

유미 감정 사전 2.

사랑 세포의 진심

아마, 11살 때였을 거다.

뭔가 내 마음이 달라지기 시작한다는 걸 느꼈을 때.

아무렇지 않던 짝꿍의 장난에 괜히 얼굴이 붉어지고, 넓은 운동장을 척척 달려가는 짝꿍의 뒷모습에 심장이 쿵쾅거리는 걸 느꼈다.

내가 잘못한 건 아닌데도 괜히 아무한테도 말할 수가 없었다.

그냥 나 혼자 '이게 누군가를 좋아한다는 건가?' 짐작했을 뿐.

매일 짝꿍의 행동에 설렜다가 실망했다가를 반복하며 나는 난생처음 사랑 때문에 아플 수도, 그 어떤 선물보다 기쁠 수도 있다는 걸 알았지만 더 잘 알게 된 건 사랑하는 내 모습이 꽤 멋지다는 사실이었다.

비밀이 생겼다는 건 마치 어른이 된 것 같았고, 누군가를 향해 열정이 생긴다는 건 소설 속 주인공이 된 것 같았고, 심지어는 마음 아픈 순간에도 그런 내 모습이 드라마 속 주인공 같아서 사랑 자체를 좋아한 게 아니라 사랑하는 나를 좋아하게 되었다.

성인이 되면서 사랑하는 대상도 자주 바뀌었고, 사랑할 때의 내 태도도 점점 변하게 되었고, 사랑하는 사람이 세상의 전부인 것처럼 굴 때도 있다.

하지만 나의 최우선 순위가 그 사람인 것 같이 보일 때도, 사실 가장 중요한 건 하나였다.

이런 나를 내가 너무 좋아한다는 것.

어쩌면 나의 사랑 세포는 오로지 나를 향해 있는 건지도 모르겠다.

Chapter 3

정말······ 행복한 거 맞아?

표정 관리가…… 안 된다

-표정 관리 레버-

☼

재…… 나 들으라고 그런 이야기한 거 맞지?
내가 그 직원한테 관심 있는 걸 눈치채고 일부러 말이다.
그 사람이랑 자기가 더 친하다는 걸 과시하려고 말이다.
이야기를 듣는 내내 표정 관리를 하기 위해 무던히도 애를 써야만 했다.
마음속으론 '알았으니 이제 그만 좀 해!'라고 몇 번이나 외쳤는지 모른다.

사회생활을 시작하며 가장 먼저 익힌 기술 중 하나는 '표정 관리 레버를 단단히 붙잡고 있기'였다.
내 속마음을 쉽게 들켜 좋을 게 없다고 생각했으니까.
상사의 황당한 업무 지시에도 웃으며 알겠다고 했고, 동료의 '너에게나 농담이지 나에겐 기분 나쁜 말'들을 들어도 웃어 넘겼고, 가끔 견제하는 듯한 '너는 비판이라 생각하겠지만 나에겐 비난인 말'에도 그냥 그러려니 했다.
표정 관리를 하는 건 평판엔 도움이 되었을지 몰라도 나의 정신 건강에는 악영향만을 가져왔다. 그 레버를 한번 단단히 붙잡을 때마다, 머리숱이 한 움큼씩 줄어드는 것 같으니까.
그래도 나는 어느 순간에도 냉정하게 표정을 관리하는 게 프로라고 배웠기에 노력해왔다.
그럼에도 가끔 어쩔 수 없이 표정 관리에 실패하는 순간이 오고야 만다.

그런데 아무리 이성적으로 생각해도…… 이 실패가 과연 내 잘못일까?
내가 불편해하는 걸 알면서 끊임없이 나를 자극하는 그들의 잘못은 아니고?
혹은 본인의 눈치 없음이 상대를 얼마나 피곤하게 하는지 모르는 그들의 과오는 아니고?
누가 만든 건지 출처도 없고 구전처럼만 떠도는 프로의 기술이란 것은 어쩌면 타인의 과오엔 너그럽고 나의 마음엔 엄격해져야 한다는 셀프 괴롭힘의 방법처럼만 느껴진다.
나를 자극하는 사람에게 당신이 그럴 때마다 내 기분이 어떤지 솔직하게 이야기한다면, 다음번엔 상대도 좀 조심하게 될 텐데 나는 왜 매번 참는 걸까.

너 사실 엄청 눈치 없고 그게 누군가에겐 상처가 될 수 있으니 쉽게 말하지 말라고 한 번쯤은 따끔하게 말해도 될 텐데.

그리고 내 감정에, 내 마음에 솔직한 건 프로가 아니라고 한다면, 굳이 프로가 될 필요도 없다고 답해주고 싶다.

자, 그러니 지금은 마음속 깊은 곳에 숨겨진 본심을 꺼내 이야기할 때다.

그렇지 않으면 내가 여기에서 울어버릴 것만 같으니!

도대체 개인적인 것들이란 뭘 말하는 걸까?

☼

상대의 마음을 떠보기 위한 건지, 아니면 괜한 여지를 남겨 자신을 신비롭게 만들고 싶은 이미지 메이킹 수단인 건지는 알 수 없지만 가끔 애매하게 말을 돌리는 사람들을 본다.
저 말의 의도에 대해 아무리 고민해봐도 정답은 그의 마음속에 있는 거라 내가 알 수 없다.

오늘만 해도 그렇다.
개인적인 것들이 궁금하다는 그의 말은 대체 무엇이냐고.
나의 사생활이 궁금하다는 의미라면 나에 대한 호기심일 테고, 그냥 개인적으로 나에게 묻고 싶은 업무적인 부분이 있는 걸 수도 있고, 혹은 다른 사람보다 내가 친절할 거 같아서 자신의 일을 떠넘기고 싶은 속셈일 수도 있는 거 아닌가.
물론 나는 가장 첫 번째이길 간절히 바라고 있지만 괜한 김칫국은 마시지 않기로 한다.

그럼에도 아까부터 가슴이 두근두근하지만, 이건 내가 어쩔 수 없는 거라고.

이 상황이 아니더라도 '개인적인 것들'이라는 말은 좀 애매한 구석이 있다.
누구나 한 번쯤은 '공과 사를 구분해야 한다'는 말을 들었겠지만, 특히 회사생활에선 그 경계가 더 모호하게 느껴진다.
퇴근 후는 무조건 사생활의 영역이라고 보기에도 뭔가 꺼림칙한 부분이 있는 거다.
아주 큰 거래의 성사가 달린 일에 비상사태가 생겼고 내가 그걸 제일 처음 알았는데 퇴근 후라면, 내일 아침이 되면 그동안의 노력이 물거품이 될 수 있는데도 지금은 사생활의 시간이니까 모른 척하기란 어렵다.
또 나에게 개인적인 문제가 생겼는데 그걸 회사의 동료나 상사에게 부탁하면 쉽게 해결되는 일도 발생할 수 있다.
이처럼 회사생활에선 그 경계가 간혹 애매해지기도 한다.
문제는 이 애매한 경계를 교묘하게 이용하는 사람이 있을 때다.
개인적인 부탁인데 유미 씨만 들어줄 수 있는 거라면서 내 노동력을 이용하려고 하거나 회식도 업무의 연장이라면서

야근 수당을 줄 것도 아니면서 강제로 참석하게 만들거나.
이런 일들이 종종 벌어지기 때문에 누군가의 선의는 이용되고, 공과 사를 더 구분하려고 하게 되는 거 아닐까.

아, 왜 이런 머리 아픈 일까지 생각하게 됐는지 모르겠지만…….
그러니까 좀 애태우지 말고 명확하게 말해줬으면 좋겠다.
대체 개인적인 것들이 궁금하다는 그 말의 뜻이 뭔데?

왜 싫은 사람을 애써 상대하는 거야?

☼

저기 저 사람, 내가 별로 좋아하지 않는다.

내가 그를 좋아하지 않는, 아니 솔직히 말하면 싫어하는 가장 큰 이유는 자꾸 자기 일을 남에게 떠넘기려고 하기 때문이다.

분명 자기 업무인데, 마치 내 업무인 것처럼 이야기하면서 내가 하도록 상황을 만든다.
내가 거절을 어려워하고 싫은 소리를 잘 하지 못하는 걸 안 이후론 특히 더 그런다.
그러면서 농담처럼 자꾸 내 약점을 건드린다.
차라리 친구면 안 보면 그만이기나 하지.
같은 직장에 다녀야 하니, 매일 봐야 하고 상대를 안 할 수도 없지 않은가.

그런데 오늘은 정말이지, 너무 스트레스가 심해 저 사람의 기분 나쁜 말들을 도무지 참을 수가 없다.
그렇다고 괜히 덤볐다가 이번 업무에 지장이 생길 수도 있으니 이럴 땐 마법을 써야 한다.
제2의 유미 소환술.
제2의 유미는 어떤 말에도 큰 반응을 보이지 않고 영혼 없이 대답하며 한 귀로 듣고 한 귀로 흘리는 것이 특급 장점이다.
그러면서도 예의 없어 보이지 않게 입꼬리는 달달 떨지언정 하늘을 향해 끌어올리는 걸 잊지 않는다.
아, 주의점이라면 너무 자주 소환하면 덜떨어져 보일 수 있다는 것.

그래도 오늘은 어쩔 수 없어…… 나와라, 제2의 유미!

제2의 유미까지 소환했는데도 여전히 스트레스는 차고 넘쳐 있다.
이러다 오늘 밤, 우울의 강을 건너며 울다가 여기저기에 '자니?'를 남길 것만 같은 기분.
아…….
싫은 사람을 상대하고, 쏟아지는 업무에 너무나도 소진된 오늘은 정말…….
맛있는 걸 배부르게 먹어도 0칼로리가 될 것이 틀림없다.
"아주머님, 여기 떡볶이랑 모둠 튀김에 순대 추가요!"
배가 부르면 바로 잠이 쏟아지게 되어 있으니, 오늘의 스트레스는 이걸로 끝이다.

정말? 정말 행복한 거 맞아?

☼

처음 취업을 했을 때를 기억한다.

드디어 생산적인 일을 하고 그 대가로 정당한 임금을 받을 수 있다는 사실이 너무나 기뻤다.

첫 월급을 받아 가족들에게 선물을 했다. 어른이 된 기분이었다.

두 번째 월급을 받았을 때, 뭔가 이상했다.

첫 번째는 선물 값으로 많이 써서 그랬다지만, 두 번째는 그게 아닌데 월세, 공과금, 휴대 전화비, 인터넷 비용 등을 내고 나니 통장에 남는 돈이 내 생각만큼 많지 않았다.

거기다 사회생활을 시작한 만큼 사야 할 것도 많았다.

학생 같지 않은 옷, 경조사에 입을 옷, 거기에 맞는 구두와 화장품 등등.

물론 돈을 벌고 있다는 마음에 이것저것 갖고 싶은 게 늘어났고 매달 조금씩은 당장 필요하지 않은 것들도 사야 다음

달을 일할 동력이 됐다.
일이 많을 땐 야근을 하고 가끔은 원치 않는 회식 자리도 있었으며 회사에서 겉돌지 않기 위해 무리해서 동료들의 술자리에 끼기도 했다.
그러다 보면 주말엔 녹초가 되어 내내 집에만 있기 일쑤였다.

좋아하던 여가 활동이 줄었고 회사 사람이 아닌 친구들을 만나는 일도 줄었다.
그렇게 회사 맞춤형 인간이 되어가며 내가 받는 임금에 불만이 쌓이기 시작했다.
하고 싶던 일, 좋아하는 일을 한다고 생각했지만 그게 전부가 아니었다.
내 일상에서 회사가 차지하는 비중에 비해 내가 받는 금액은 턱없이 적은 것 같았다.
그게 무기력을 만들었고 불만을 커지게 했지만 당장 다음 달에 또 내야 하는 돈들 때문에, 그리고 쇼핑 리스트에 쌓인 물품들 때문에 회사를 그만둘 생각은 하지 못했다.
점점 내 안에서 불평은 늘었지만 아닌 척했다.
멋지고 당당하게 내 일을 꾸려가고 있는 것처럼.

그러던 중, 그 날이 찾아오고야 말았다.
이유도 없고 약도 없다는, 주변은 다 즐거운 것 같은데 나만 힘든 것 같은 '그렇지 않은 걸 알고 있지만 그래도 왠지 그런 거 같은 날.'
인사불성으로 술을 마시고 하소연이라도 하면 좀 나을까 싶어 휴대 전화를 열었는데 전화 걸 상대가 없다는 걸 깨달았다.
친구들은 결혼을 했거나 연애를 하고 있거나 야근 중이었고 괜히 가족에게 전화하고 싶지는 않았다. 그렇다고 회사 동료에게 연락하기는 더더욱.

정말 맞구나. 지금 이 순간 나만 힘든 거.
나는 그동안 어쩌면 일에서 오는 만족감을 내 인생의 행복처럼 여기고 있었는지도 모른다.
마음속은 매일매일 폭풍이 치는 기분인데 모르는 척, 나는 괜찮은 척만 하고 있었다.
행복해지고 싶어서 행복하지 않은 쪽을 택했다니…… 대체 난 그동안 나에게 얼마나 무심했던 걸까.

거절 못 하는 것도 병이다

꼴좋다
칭찬 한 번 받아서
우쭐하더니
그냥 적당히
거절했었어야지
거절 못 하는 것도
병이다!!!
다가다가!!
-뒷북 세포-
그럼 진작 좀
말하지 그랬냐!
퍽!

☼

사실…… 알고 있었다.

그 사람이 부탁한 그 일은 추가 보수가 따라오는 게 아니고 그냥 내 일이 늘어날 뿐이라는 걸.

그럼에도 거절하지 못했던 건, 내가 글을 잘 쓰니 회사 SNS 계정 관리도 잘할 거 같다는 말 때문이었다.

내 능력을 높이 사줬으니, 그 정도 부탁은 들어줄 수 있다는 생각이었을까?

아니, 어쩌면 괜히 거절했다가 회사에서 내 이미지가 나빠질 수도 있다는 생각 때문이었을 수도 있다.

괜히 저 사람을 실망시키면 어쩌지? 나한테 쏟아지던 관심을 멀어지게 하면 어쩌지?

괜한 그 마음이 부담스러운 부탁을 거절하지 못하게 만들었을 수도 있다.

'착한 유미 씨', '부탁 잘 들어주는 유미 씨' 그런 이미지가 있는 건 나도 안다.
그런데 문득, 그런 생각이 드는 거다.
내 이름 앞에 붙는 그런 타이틀이 대체 다 무슨 소용이냐고.
괜히 하겠다고 한 까닭에 이렇게 보상도 없이 오늘도 야근 신세잖아.
곰곰이 생각해보니, 나에게 남는 건 없이 그들의 성과를 올려주고 있을 뿐이다.

거절을 잘 못한다며 자신의 선함을 과시하는 사람들을 그렇게 싫어했는데, 내가 그 꼴이 되고 만 것 같다.
누구든 거절이 마음 편해서 하는 건 아닐 텐데.
거절하지 못하는 내 태도 때문에 거절할 수밖에 없는 상황에 놓인 사람들이 불필요하게 욕을 먹을 수도 있다.
그걸 알면서도 이 어려운 일을 수긍한 나란 사람, 오늘 뼈저리게 반성한다.
업무량이 많아 여기까진 무리였다고 솔직히 말하자, 내일의 유미여.
착한 사람 좀 안 되면 어때.
지금까지 충분히 착하고 좋은 사람으로 살아왔다면, 이제는 그만 내가 좋아하는 일들 위주로 나를 위한 시간을 가져도 되잖아.
오늘의 유미는 반성하는 의미로 이만 집에 가서 치킨과 맥주에게 용서를 빌어야겠다.

헉. 그런데 잠깐?
갑자기 메시지가 왔는데 이건 추가 수당을 주는 일이라고?
그럼 진작 그렇게 말을 했어야죠.
내가 지금까지 생각을 못 했는데, 나는 글 쓰는 걸 되게 좋아한다.
좋아하는 일을 하기로 했으니까, 이건 지금부터 당연히 내가 할 일이다.
치킨아, 맥주야. 잠시만 기다려주시라!

아니, 그래도 돼

☼

살면서 신경 쓰이는 건 너무나 많지.

하지만 그걸 다 표현하는 건 너무 하수 같아서 웬만하면 마음속에 묻어둔다.

내 남자친구 어깨에 살포시 손을 얹던 그때 그 여자애의 행동이라든지, 나랑 똑같은 옷을 사 입고 나타나 누가 더 잘 어울리는 것 같으냐며 다른 직원들 앞에서 웃던 그 후배의 행동이라든지.

일일이 반격하면 괜히 나만 더 없어 보일까 봐, 속은 부글부글 끓는데도 그냥 마른침 한 번 꿀꺽 삼키며 같이 마음 깊은 곳에 묻어놨던 감정들.

그런데 그게 마음속 한구석의 적재량을 초과하면 나도 모르게 폭발하는 순간이 있다.

바로 지금처럼.

문제는 꼭 애먼 사람한테 폭발하게 된다는 거다.
마침 그 순간 아주 미세하게 날 자극했다는 이유로.
그럼 상대는 이렇게까지 나한테 화낼 일인가 싶어서 당황하게 되고, 나의 짜증 때문에 본인 역시 화가 나는 악순환이 벌어지고 만다.
그제야 아차 싶은 나는 곧 석고대죄를 하는 마음으로 사과하며 왜 오늘 이렇게 예민한 건지 고백해야 한다.

이게 다, 참고 참았기 때문에 생긴 일이다.
참지 않고 그때그때 반격하는 건, 나답지 못하다고 생각했으니까.
이 정도로 화를 내는 건 내 행동 패턴에서 벗어난다고 생각했으니까.

하지만 그래서 결과가 이게 뭔가.
오히려 엉뚱한 사람한테 엉뚱한 방법으로 표출하게 되어버렸지 않은가.
차라리 나를 기분 나쁘게 만드는 사람한테 제대로 말을 했어야 한다.
네 지금 그 행동, 나를 매우 거슬리게 한다고.

그렇게 말하는 게 맞는지, 나다운 건지, 조심스러워진다면 '아니, 그래도 된다.'
내 말 때문에 관계가 더 악화될 수는 있지만 '그래도 된다.'
적어도 이 방법이 화낼 상대에게 정확히 내 감정을 전달하는 법이다.

때론 지나친 의욕이 결과를 이루는 데
방해가 될 때가 있다

☼

이상하게 들릴지도 모르지만, 너무 의욕적인 사람이 불편할 때가 있다.
삶의 목표가 오직 하나밖에 없고 그걸 향해서만 달려가는 경

주마를 보는 기분이랄까.
그걸 이루고 나면, 저 사람의 인생엔 어떤 의미가 남을까를 상상하면 괜히 내가 조마조마하다.
감정 이입을 너무 심하게 하는 건가 싶기도 하지만, 그런 의욕적인 사람들이 좌절하고 방황하는 모습을 종종 봤다.
하나밖에 보지 못하니까, 잠깐 발을 삐끗하면 너무나 크게 당황하는 거다.
오히려 여유 있게 나아가던 사람들은 그 목표를 향해 잘 가고 있는데 말이다.

분명 무슨 소리냐고. 성공을 하려면 하나만 보고 달리기도 버겁다고 하는 사람도 있을 거다.
그런데 꼭 성공을 해야 하나?
우리 사회가 너무 성공을 강요하고 있는 건 아니고?
어딜 봐도 다 성공한 사람들의 이야기밖에 없잖아.
그래서 그들이 행복한지에 대해선 말도 안 해주고, 마치 성공하면 다 누리는 것 같이 포장해대는 분위기가 가끔은 불편하다.
나는 그냥 내가 행복한 거, 그게 내 인생의 성공인 것 같은데 모두가 뭐라도 되어야 할 것처럼 말하고 큰돈을 벌어야 그게 성공을 증명해준다고 단언하는 게…… 불편할 때가 있다.

그래서 나는 목표가 너무 많은데, 일단은 우리 집 주변의 맛집 탐방을 끝내는 게 최우선 과제다.
아니, 내가 먹고 싶어서 그러는 건 아니고 그냥 동네 사람들이 사는 모습을 관찰해보고 싶어서 그러는 것뿐이니, 오해하진 말자.
또, 엄마아빠한테 가끔씩 용돈을 드릴 수 있었으면 좋겠고 지금처럼 소소하게 삶을 잘 꾸려가고 싶다. 좋은 사람을 만나서 예쁜 사랑을 하며 같이 꾸는 꿈도 키워나가고 싶고.
그게 다다.
시시해 보일 수도 있지만, 너무 큰 꿈을 꾸느라 지나친 의욕으로 행복을 무시한 채 지내는 것보단 저게 훨씬 더 행복해지는 길일 것 같으니까.

저는 그런 질문하는 거 반대합니다!

☼

"유미 씨, 무슨 일 있었어? 안색이 안 좋네?"

이 질문은 기분이 좋아지는 질문임과 동시에 기분이 나빠지는 질문이기도 하다.

내가 좋아하는 사람이라든가, 친한 사람일 경우 나를 세심하게 관찰하는구나 싶어 고마운 마음이지만 가끔 누군가가 그냥 내 사생활이 궁금해서 떡밥 던지듯 물어보는 질문이기도 하다. (아니, 제 안색이 안 좋은데 왜 웃으면서 물어보는 건가요?)
그럴 때마다 '아무 말 안 하는 게 도와주시는 겁니다'라는 말이 불쑥 나올 것만 같다.
특히 회사생활에서 눈치 없는 상사나 동료가 이럴 땐 가뜩이나 안 좋은 기분이 배가된다. (듣고 계신가요? 그러니, 제게 지금 하려는 그 질문, 넣어주세요!)

아니, 대체 왜 그렇게 남의 일이 궁금한 걸까?
말이 하고 싶다면 어련히 내가 알아서 할 텐데, 아무 말 안 하고 있는 건 정말 말하기 싫어서 그런 건데 왜 모든 걸 내가 말해야 한다고 생각하는 거지?
심지어 가족과도, 연인과도, 가장 친한 친구와도 모든 생각을 공유하지 않는데 같은 직장에 다니고 있다고 해서 내 마음을 다 털어놓길 바라는 건 너무 이상하다.
정작 본인들은 내가 그런 거 물어보면 싫어할 거면서.

가끔은 물어보지 않는 게 도움이 될 때가 분명히 있다.

말하지 않아도 이 타이밍을 기가 막히게 알아차리는 관계가 있다.

친한 친구라든가, 오래 연애한 남자친구 같은 사람들.

오늘처럼 대답하고 싶지 않은 질문들에 시달리는 날에는 그런 사람들이 너무나 그립다.

그리고 회사 책상에 당당히 써 붙이고 싶은 것이다.

'아무 일 없으니까 묻지 마세요.'

좋은 게 꼭 좋은 것만은 아닌 것처럼
나쁜 게 나쁜 것만은 아닌가 봐

☼

내 인생은 그랬다.
행운은 늘 불행한 모습으로 등장했고, 불행은 늘 갑자기 찾아온 행운처럼 나타났다.

운동회에서 꼬리잡기 놀이를 하다가 손가락이 부러졌는데 그걸 제일 먼저 발견하고 나를 병원에 데려다준 애가 내 첫사랑이 되기도 했고, 너무나 갖고 싶던 장난감을 선물로 받았는데 조립하다 보니 부품이 몇 개 없어 완성하지 못하기도 했다.
그 외에도 나의 행불행과 불행운(내가 만든 말이다. 행운이 오려다 불행이라 행불행, 불행이 오려다 행운이 와서 불행운……)은 다 열거하자면 끝이 없겠지만, 어찌 됐든 나의 인생 속 수많은 에피소드로 인해 나는 일단 뭔가 일이 벌어지면 그게 좋은 일이든 나쁜 일이든 침착하게 기다려보기로 했다.

그래서일까. 하나의 징크스가 생기기도 했는데…… 바라는 걸 미리 상상해버리는 순간 그건 절대 이뤄지지 않는다는 징크스다. 그런데 꼼수를 부려 원하지 않는 걸 미리 상상해버리면, 그 불길한 상상은 현실이 될 때가 많다.
덕분에 내가 이루지 못하는 모든 일들은 징크스 탓을 하게 됐고, 날아갈 정도로 기쁜 일이 생기면 한편으로 괜히 불안해진다.
불행이 늘 불행은 아니듯, 좋은 일도 영원한 행복의 주문은 아니라고. 그 덕에 미래에 대한 큰 환상 없이 나름 현실적으로 살아오고 있다.

그럼에도 꿈은 늘 비현실적이라, 지금과 다른 나를 꿈꾸기도 하고 일탈도 가끔 한다.
이런 꿈들이 다시 나를 좌절시키고 내가 발붙이고 있는 현실을 번쩍 자각하게도 하지만, 그 과정이 하나하나 모여 오늘의 나를 만들어가는 기분이 꽤나 생생하다.

그리고 그런 생기 넘치는 오늘의 '나'들이 모여 만든 내 이야기는 해피엔딩으로 마무리되기를 누구보다 바라고 있다.
행불행과 불행운은 모두 결국은 행운으로 끝나는 거니까.

내 인생도 돌고 돌아 결국 해피엔딩이기를.
그 과정만 내가 알차게 채워간다면, 어찌 됐든 후회는 하지 않을 거고 그러면 결국 해피엔딩이지 않을까.
이게 바로 환상 없는 나의 지금, 현실이다.

적당한 지점을 찾는 게 가장 어려운 일 같다

☼

냉온수, 그 적절한 중간!
그걸 찾는 건 하루의 시작이다.
그 신중해야만 하는 순간. 여기로 삐끗하면 추워서 놀라고 저기로 삐끗하면 뜨거워서 놀라게 된다.
30년 넘게 그 중간을 찾아 아침마다 헤매지만, 적당한 온도의 물을 한번에 트는 건 여전히 어렵다.
목욕탕에 가서도 마찬가지인데, 온도가 쓰여 있어도 난 매번 그 앞에서 어디를 들어가야 적당할지 망설이게 된다.

그리고 그건 사람 관계에서도 적용된다.
여전히 내게 가장 어려운 게 적당한 거리를 유지하는 일이다.
너무 잘해주면 다음을 기대받고, 너무 못하면 상대의 화를 부른다.
그리고 무엇보다도 그 양쪽엔 '본심을 의심받는다'라는 무서운 복병이 숨어 있다.
그래서 내 마음이 의심스럽지 않을 정도로 적당한 온도의 감정으로 대하는 게 좋다.
내 속이 부글부글 끓고 있거나 너무 차갑게 식어 있을 때조차도!
하지만 그 '적당'이라는 게 말처럼 쉽지가 않다.
선물을 고를 때도, 친절을 베풀 때도 모두 적당한 것이 좋지만 매번 그 아슬아슬한 선을 지키며 관계를 유지하는 건 정말 너무 어려운 일이다.

인터넷 커뮤니티에 '30대 남사친에게 오해 안 받고 줄 만한 선물', '이거 그린라이트인가요?', '회사 상사에게 줄 만한 저렴한 선물' 등의 키워드가 남발하는 것만 봐도 모두가 나처럼 이 '적당히'에 문제를 겪고 있는 것 같다.
거기에 달린 척척박사들의 답변은 진짜 무슨 내공이 '신'급인 사람들인 것 같고 말이다.
그런데 그걸 다 적당히 지킬 줄 아는 것도 너무 기계적인 거 아닐까?
당연히 적당한 거리를 지키는 것, 적당히 마음을 표현하는 것, 적당한 선에서 예의를 지키는 것, 모두 중요하겠지만 이

거 고민하다가 내가 앓아눕게 생겼다고!
다른 사람에게 적당히 할 걸 고민하다가 내 마음과 고생은 '적당히 하는 것'이 불가능해진다.

그렇다면 네가 오해를 하든지 말든지 나는 그냥 진짜 큰 고민하지 않고 적당히 내 수준에 맞춰 할 수 있는 정도만 하는 게 가장 큰 해답이 아닐까 싶다.
물론 여전히 사랑하는 사람에게는 적당히 말고, 최선을 다해 뭐든지 해주고 싶지만 말이다.

유미 감정 사전 3.

신의 한 수!

중요한 회의가 있는 날이다.

분명 대표는 엄청난 잔소리를 쏟아낼 거다.

나는 완벽한 발표를 하고, 내 의견을 관철시켜서 대표의 잔소리를 가능한 줄일 생각이다.

여기에 자신감이 있는 이유는 하나, 완벽한 프레젠테이션을 준비했기 때문이고 대표의 질문 패턴을 내가 완벽하게 파악하고 있기 때문이다.

그리고 나에게는 이 회의를 일찍 끝내야 할 아주 중요한 이유가 있다.

매주 목요일마다 스페셜 메뉴를 하루에 딱 20그릇만 파는 회사 근처 식당의 점심 영업이 11시 50분에 시작되니까.

나는 오늘 무슨 일이 있어도 그 메뉴를 사수하고 말 것이다!

이런 완벽한 목표와 철두철미한 준비는 내 자신감에 근거를 마련하여 성공을 향해 달려가게 만든다.

자! 두고 보라지!

(11시 50분이 되었다. 가끔은 나의 초강력 신의 한 수를 가볍게 꺾어버리는 강적을 만나기도 하는데, 그런 만남 때문에 강호는 점점 더 강해지고 성장하는 것이지. 대표가 내 발표가 아주 훌륭했다는 칭찬으로만 한 시간을 소비할지, 예상이나 했겠냐고! 스페셜 메뉴는 내가 대표에게 칭찬받고 있던 그 긴 시간동안 이미 매진되었다. 패자는 말을 하지 않는 법. 그 대신 다음 회의를 위해, 오늘의 이 수모를 기억하기 위해 이 글을 남긴다.)

Chapter 4

내 이야기의 주인공은 한 명뿐이야

뭐, 물론…… 가끔 좀 외롭긴 해

☼

나름 잘 살고 있다고 생각한다.
만족스럽진 않지만 돈을 벌어 내 생활을 꾸리고 있고, 갖고 싶은 것들을 다 사진 못해도 가끔 나를 위한 사치 정도를 부리기도 한다.
혼자 밥을 먹을 때도 많지만 끼니를 거르진 않으려 하고 가끔은 친구들과 만나 맛있는 음식을 먹거나 영화나 전시를 보러 가기도 한다.
운동도 하며 건강을 챙기려고 노력(만) 하고 외국어 공부도 해보려고(만) 하면서 자기계발에도 신경 쓰고 있다(고 믿고 싶다).
연애도 하고 이별도 하고, 때론 짝사랑도 하면서 사랑이라는 감정에 대처하는 방식도 조금씩 노련해지고 있다(고 믿는다).

물론 가끔은 혼자 사는 삶이 녹록치 않다.

양파 두 개만 있으면 충분할 거 같은데, 한 망을 사는 거나 두 개를 사는 거나 별로 가격 차이가 없을 때 나눠 먹을 사람이 있으면 좋겠다고 생각하며 서글퍼지기도 하고 텔레비전에 나온 맛집에 가고 싶은데 바쁜 가게에 혼자 가서 테이블을 차지하는 건 괜히 실례일 것 같아 주저하는 나를 발견하기도 한다.

하지만 이런 단점들은 혼자 사는 데 불편함은 될지언정, 어려움이 되지는 않는다.

오히려 흥, 내가 이깟 것에 기죽을 줄 알고? 양파 한 망 다 먹어줄 테다, 혼자 가서 2인분 먹어줄 테다, 라며 나를 굳건하게 만드는 원동력으로 삼기도 한다.

그러나 문득……

평소와 똑같은 밤인데, 유난스러운 외로움이 찾아올 때면 여전히 어찌할 바를 모르겠다.

휴대 전화의 연락처를 한참 뒤적거리다가 한숨과 함께 전화를 도로 내려놓고, 냉장고에 있는 맥주를 한 캔 따며 내 안의 감성 세포를 소환해 청승극을 펼치는 것 외에 아직 딱히 방법을 알지 못한다.

그럴 때면, 지나간 온갖 일들이 머릿속을 스쳐가고 괜히 머리를 굴리다가 놓친 기회들이 후회로 마음속에 알알이 박혀 버린다.

조금 더 단단한 어른이 되면 바뀔까?
외로움에도 더 의연하게 대처하게 될까?
나조차도 이유 모를 나의 이 감정의 정체에 대해 알게 되는 날이 올까?

에이, 관두자. 무슨 쓸데없는 생각을 하는 거야

☼

새벽 1시.
이 시간의 나는, 평소의 유미와 좀 다르다.
사랑 에세이 한 권 거뜬하게 집필 가능한 감성이 생기고, SNS 속 그 어떤 작은 단서도 끝까지 파헤쳐나가고 싶은 명탐정 본능이 나오며 아무것도 아닌 일에 불안해하는 마음이 생기기도 한다.

바로 지금처럼.

왜 나는 이 시간에 잠 못 이루고 타인의 SNS를 들락거리며, 그들의 삶을 궁금해하는 걸까.
왜 누가 누구랑 사귀는지, 이런 게 궁금해서 난리인 것인가.

이성으론 알고 있다.

지금 자야 내일 아침 좀 덜 피곤할 수 있고 회사 가기 싫은 마음도 조금은 덜하다는 것을.
그런데도 가끔 이 쓸데없는 호기심 세포가 모락모락 머리 위로 기어오르면 어쩔 도리가 없다. 손가락은 이미 이성의 통제에서 벗어난 지 오래.
나는 옛 애인의, 절교해서 더는 만나지 않는 옛 친구의, 직장 동료들의 SNS를 염탐하며 그들의 삶을 소설처럼 써내려가기도 하고 괜한 질투에 휩쓸리기도 한다.

이 SNS 염탐의 삶은, 그 옛날 미니홈피라는 것이 유행하던 시절 창궐한 병이다. 그때도 이런 내가 정말 싫었지만 나이가 들면 나아질 거라고 생각했다.
내 삶이 조금 더 여유 있고 탄탄해지면, 이런 쓸데없는 병 따위는 고개 들 틈도 없을 거라고 그렇게 믿었다.

하지만 그런 일은 일어나지 않았다.
분명 내 삶을 구성하고 있는 것들은 예전보다 나아졌겠지만, 본성이라는 건 그리 쉽게 변하지 않는 건지 난 여전히 잠 오지 않는 밤이면 이렇게 그때와 다름없는 짓을 하고 있다.
그나마 다행인 건, 얼마 전 친구랑 속마음을 털어놓다 알았는데…… 이러는 게 나만은 아니라는 것.
역시 사람은 '나 혼자 유별난 건 아니'라는 걸 알 때 위안을 받는 법인가 보다.

이럴 땐 하릴없이 그냥 인정해야 한다.
나는 이런 사람이라는 걸.
아무리 아닌 척하고, 나는 타인의 삶에 적당한 관심만 있는 척하지만 그렇지 않다는 걸.

자, 인정했으면 이제 그만 자자, 좀!

이럴수록 너만 상처받는 거 몰라?

☼

모두 나를 좋아하기를 바랐다.
어떤 사람이 나를 싫어하는 것 같으면 내가 뭔가 실수를 한 게 있는지 온종일 고민했다.
가끔은 나를 둘러싼 잘못된 소문을 내가 들을 때도 있었다.
왜 이런 일이 생긴 걸까, 내가 뭘 잘못한 걸까 생각했다.
분명 잘못한 게 없는 것 같을 때도 내가 원인 제공을 했을 거라고, 그러지 않았다면 저 사람이 날 싫어할 리가 없다고, 이런 소문이 났을 리가 없다고 내 탓을 했다.

연인 관계에서도 마찬가지였다.
그가 유난히 기분이 안 좋은 것 같은 날이면, 혹시 나 때문인 건 아닐까 싶어 나의 대화와 행동을 돌아봤다. 나 외에도 많은 사람들과의 관계 속에 살고 있을 텐데, 다른 이유가 있을 거라곤 생각하지 못했다.

이별을 앞둔 상황에서도 이게 다 내 탓인 거 같아 더 속상해 했다.

내 잘못이 아니라는 걸, 그럴 수도 있는 일이라는 걸 받아들이기까진 꽤 오랜 시간이 걸렸다. 그 과정에서 나는 스스로를 자책하는 일을 아주 많이 했다.
하지만 지금은 내가 맺고 있는 관계의 수많은 사람들 중 한 둘쯤이야 나를 싫어할 수도 있다고 인정한다. 그리고 그런 사람들은 대부분 나와 큰 친분이 없고 아주 가까운 사람이 아닐 가능성이 매우 높았다.
무심코 생기는 오해는 사람에 대해 선입견을 만들 수도 있고 나도 그렇게 누군가를 싫어하기도 하니까.
오해를 풀기 위해선 대화를 시작해야 하는데, 그럴 노력도 하지 않는다는 건 내가 큰 신경을 쓰지 않아도 되는 상대라는 뜻이기도 했다.

그 사실을 알게 된 후, 나는 스스로를 상처 주는 일을 그만두기로 했다.
누가 나를 싫어한다는 말을 들었을 땐 그럴 수도 있다고 생각하고 끝내려 한다.

나에 대한 소문은 그냥 한 귀로 듣고 한 귀로 흘린다. 근거가 없는 뜬소문들은 쉽게 사라지기 마련이고, 사람들은 그걸 다 기억하고 판단할 만큼 나한테 관심이 있는 것 같지는 않다. 와, 이렇게 이야기하고 나니…… 그건 그것대로 좀 서운하려 하지만, 뭐 이게 사실인 걸.

모두들…… 지켜주지 못해 미안해

☼

나를 지킨다는 것…… 그거 뭘까?
여기저기에서 나 스스로를 지켜야 한다고 하는데, 그 어려운 걸 그렇게 간단히 말하니까 나 같은 사람은 도통 이해가 안 되는 거다.
두 팔을 벌려 나를 꼭 안아주기도 했고, 괜히 내 머리를 스스로 쓰다듬어보기도 했고, 나에게 편지를 써보기도 했다.
그런데도 여전히 어렵다.

남들 신경 쓰지 말고 내가 원하는 대로 나아가자고 다짐해도 타인의 시선을 의식하게 되고, 별일 아니라고 생각하는데도 몸 여기저기가 스트레스로 아프기도 한다.
머리로는 괜찮다고 하는데도 몸이 먼저 괜찮지 않음을 알고 아프다고 신호를 보내면, 내 자신과 내 마음에게 왜 이렇게 미안해지는 걸까.

그러다 보니 나를 지켜야 한다느니, 내가 중심을 잡고 서 있어야 풍파에 흔들리지 않는다느니, 내 마음에 솔직해져야 한다느니, 하는 말들을 볼 때면 그 또한 스트레스가 된다.
왜 저런 걸 나만 못 하지? 하면서 말이다.

그런데 정말 나 빼고 다른 사람들은 그게 쉬운 걸까?
자기를 지키며 사는 삶 말이다.
어쩌면…… 다들 어려운데 아닌 척하는 건 아니고?

정성~
스레~

소중한 걸 소중하게 여기지 않은
대가는 가혹하다

☼

왜 그럴 때 있지 않은가.

짧게 머리카락을 잘랐을 때는 집 안 여기저기에서 나타나던 머리 끈들이 막상 머리카락을 묶어야 할 때가 오면 온통 집을 뒤집어도 찾을 수 없는 때.

대체 어디에서 나타난 건지 알 수도 없는 라이터나 성냥들이 쓸 데 없을 땐 집 안 곳곳에서 나타나다가 오랜만에 분위기 좀 잡아보려고 향초에 불을 좀 붙이려고 하면 아무 데도 없을 때.
선물 받은 좋은 향수를 특별한 날 쓰려고 분명 잘 넣어둔 것 같은데 필요할 때 찾아보면 귀신이 곡할 노릇처럼 온데간데없이 사라졌을 때.
그때마다 우리는 후회하지 않는가.
'아…… 좀 잘 놔둘걸.'
하지만 후회할 때는 이미 늦은 때다. 그럴 땐 포기하고 새 걸 사러 나가는 편이 빠르다.
왜냐하면, 새로운 걸 사서 집에 오면 언제 그랬냐는 듯 다시 나타나니까.

하지만 사람은 또 그렇지가 않은 것 같다.
곁에 있을 땐 위장술이라도 쓰는 것처럼 그 소중함을 잘 깨닫지 못하게 되는 사람들이 있다. 그런 사람들은 대개 나에게 엄청 중요한 사람들일 가능성이 높고 말이다.
오죽했으면 어떤 가수는 「있을 때 잘해, 후회하지 말고」라는 노래까지 목 놓아 불렀겠냐고.

사라지고 나서야, 혹은 멀어지고 나서야 얼마나 내게 중요한 사람이었는지 깨닫고 후회하고 눈물 흘리지만 그땐 이미 늦은 경우가 대부분이다.
새로운 걸 살 수도 없고, 그들은 다시 나타나지도 않는다.

왜 우리는 늘, 이별 후에야 상대가 내게 얼마나 특별했는지, 그가 없는 세상이 내게 얼마나 다른 의미로 다가오는지, 그제야 깨닫는 걸까.
그러니 오늘은 엄마아빠한테 전화라도 한 통 해봐야겠다.
아픈 데는 없냐고, 내가 진짜 진짜 사랑한다고 말해봐야지.

빈자리는 금방 티가 난다

☼

오랜만에 좋아하는 치킨 가게에 갔는데, 이게 웬일인가.
내가 좋아하는 사이드 메뉴인 치즈스틱이 없어졌지 뭔가.
치킨과 맥주를 맛있게 먹고 난 후 치즈스틱으로 입가심해야 완벽한데.
아쉬움을 달래려고 어니언링을 추가했지만 아쉬운 마음은 사라지지 않았다.

집에 와서 누웠는데도 치즈스틱 생각은 머리에서 떠나지 않는다.
파도의 물거품처럼 내 입부터 남은 조각까지 길게 너울지던 모습.
마지막까지 고소함과 짭조름함을 잃지 않는 자태.
아직 생생하게 상상할 수 있는 그 맛이 너무 그리운 밤이다.
치즈스틱이 다 거기서 거기 아니냐고 한다면, 정말 그 치킨

집의 치즈스틱을 안 먹어봐서 하는 소리다. 그 치즈스틱의 빈자리가 이렇게 클 줄이야.

심지어 다시는 그 치킨집에 가지 않겠다고 선언했을 정도였다. 그런데 그 말을 들은 후배가 그 집은 쥐포튀김이 예술이라고 알려줬다.

그렇다면 내가 몰랐을 리가 없는데……? 반신반의했지만 궁금함이 너무 커서 결국 퇴근 후에 또 다시 그 치킨집에 가고 말았다.

그리고 맛봤다. 천국의 쥐포를!

치즈스틱은 까맣게 잊힐 만한 맛이었다.

나의 입가심 메뉴는 이제 쥐포튀김뿐이다.

이상하다. 어제까지만 해도 사라진 메뉴 하나에 너무 속상하고 뭔가 허전했는데, 그걸 대신할 수 있는 걸 발견하자마자 이렇게 기분이 좋아지다니.

역시 빈자리는 티가 나지만, 그걸 메꿀 만한 더 나은 대상 앞에선 무력해지는 건가.

지금의 선택이 잘한 건지 아닌지는
시간이 지나봐야 알 수 있는 것 아닌가요

☼

살면서 수많은 선택을 해야 했다.

고민스러운 상황들 앞에서 늘 저런 생각을 했다.

뭐가 정답인지 알 수 있다면 너무 좋겠다고.

지금의 내 선택이 어떤 방향으로 나를 이끌지 미리 알 수 있다면, 후회할 일도 부끄러울 일도 없을 텐데.

남자친구와 이별할 때도 마찬가지였다.
잡고 싶은 마음, 지금이 이별할 때라고 인정하는 마음이 늘 싸워댔다.
뭐를 선택해도 후회가 남았을 거다.
잡았다면 비슷한 일이 생길 때마다 그때 헤어졌어야 했을 거라는 생각이 들었을 거고, 헤어진다면 그 수많은 외로운 밤마다 그 사람 생각이 났을 거다.

그래, 어쩌면 후회 없는 선택이란 없는 거 아닐까?
우리는 늘 가보지 않은 방향에 대한 호기심으로 후회도 하고 절망도 하니까.
그렇다면 모든 건 나의 미래가 결정할 거다.
지금 잘한 선택처럼 보여도 나중엔 후회할 수 있는 거고, 지금 아리송한 선택도 나중엔 신의 한 수라고 생각될 수 있겠지.

에라, 모르겠다!
그냥 나를 믿고 고! 하는 거다. 무조건 고!

고!

착하지 않으면 좀 어때

☼

착하지 않아도 된다는 말을 들어본 적이 없다.
늘 착하게 굴어야 한다, 결국은 착한 사람이 복을 받는 거다, 라는 가르침 아래에서만 자랐을 뿐. (안 그런 사람 있으면 나와봐!)

어린 시절을 핑계 삼고 싶지는 않지만, 배운 게 그렇다 보니 당연히 착하게 살면 복이 오고 나보다 남을 먼저 배려할 줄 알아야 한다고 생각했다.

다른 사람을 먼저 생각하면서 내 마음이 불편해도 참았고, 조금 손해 보는 일이 있어도 결국 이게 다 나한테 좋은 결과로 돌아올 거라고 생각하며 참았다.
그런데 내가 아무리 참아도 나한테 돌아오는 건 스트레스성 위염밖에 없는 경우가 허다했다.
심지어 내가 참고 있다는 것도, 양보하고 있다는 것도 상대는 알지 못했다.

그냥 유미는 원래 그런 애, 자기주장이 잘 없는 사람, 남들이 하자는 대로 따라가는 걸 편하게 생각하는 사람으로 자기들 멋대로 나를 규정하고 있었다.
내 마음은 이렇게 힘든데, 이게 당연한 거라니.

그때부터 나는 그냥 종종 나 자신에게 이렇게 이야기해주는 습관이 생겼다.

착하지 않아도 괜찮아.

모두에게 착할 필요 없어.

조금은 나빠도 돼.

지금 내 마음은 어때?

두려운 상황을 피해 가려고만 하니까
자꾸 가짜 선택만 하게 되잖아

☼

고소 공포증이 생겼다.
어릴 땐 없었던 것 같은데, 어느 순간 높은 곳에만 가면 심장이 떨리고 식은땀이 나기 시작했다.
그런 주제에 또 호기심은 많아가지고, 안 해본 것들에 대한 도전 정신은 괜히 강해가지고…… 덜컥 패러글라이딩 체험 예약을 해버린 거다.
산 정상에 도착했을 땐, 이미 손발이 차게 식어 있었다.

나는 분명 못 할 것 같았고, 지금 포기해도 늦지 않았다 싶었다.
분명 포기하면 환불이 불가라는 조항을 읽었으니까, 그냥 아까운 돈 날렸다고 생각하면 편한데 마음 한구석에선 나도 한 번 해보고 싶은 거다.
그렇게 이 마음과 저 마음이 싸우는 사이, 이미 내 등에 장비는 착용되었다.

이제 선택해야 했다. 뛰어서 날아보느냐, 이 두려움에 굴복하느냐.

나는 늘 두려운 상황을 피해 가려고만 했다.
어렸을 때 엄마한테 혼날까 봐 성적표를 감춘 것부터 시작해서 어차피 들통날 업무 과실을 지금 한순간이라도 덮어보려고 애쓰다 더 큰 문제가 될 뻔한 적도 있고, 내가 먼저 좋아한 사람을 친구도 좋다고 했을 때 괜히 먼저 마음을 접은 적도 있다.
어떤 갈등도 없고, 아무런 고민도 필요 없는 그런 상황만 내 삶에 이어지기를 바랐지만 세상은 그렇게 호락호락하게 흘러가진 않았다.
오히려 그 두려운 상황을 피해 가려다 보니, 나는 자꾸 진짜 내 마음과는 다른 선택을 하며 더 악순환의 굴레에 들어서기도 했다.
사실은 모두가 원하는 걸 선택하려고 두려운 것도 감수하는 걸 텐데.

내가 진짜 원하는 건, 두려움과 당당히 부딪혀보는 거다.
세상에 결과를 보장받고 행동하는 일이 드문 것처럼, 지금 내가 하는 선택이 옳은 건지 잘못된 건지 모른다면 적어도 좀 더 솔직한 방향으로 가고 싶다.

그래, 뛰어보는 거다. 이게 뭐라고.
그 수많은 고민과 갈등에 비하면 이쯤은 아무것도 아니지.
그렇게 나는 하늘을 날았고, 하늘에서 본 땅은 정말 아름다웠다.

뛰기 전에 했던 고민 따위는 아무것도 아닐 정도로.

중요한 건 어떻게 해결하느냐는 것이지

☼

아무리 조심하고 살려고 해도, 모두와 평화롭게 지내려고 해도, 크고 작은 문제는 늘 발생했다.
내 실수나 잘못이 전혀 없는 순간에도 문제라는 건 고개를 빼꼼하고 언제 어디서건 고개를 들었다.
사람이 살면서 인간관계라는 걸 벗어날 수는 없으니, 가끔은 가족들 사이에서, 때론 친구와, 더 자주는 회사에서, 그리고 연인 사이에서도 발생했다.

나는 그걸 '삐끗 타임'이라고 불러왔는데, 서로간의 기류가 살짝 어긋나는 순간에 오해와 미움과 시기 같은 감정이 들어온다고 생각했기 때문이다.
삐끗 타임이 생길 때면 마음이 너무 불편해서 빨리 이 상황을 종결시키고 관계를 리셋하든지, 아예 정리해버리고 싶었다.
그게 머리도 덜 아프고 내 정신 건강에 좋을 것 같았다.

하지만 그게 방법은 아니었다.
길을 가다 우연히 전 남자친구를 만날 수도 있는 거였고, 정말 예상치도 못한 곳에서 오래전에 끊어진 인연을 만나기도 했다.

내 친구는 이탈리아 여행 중에 어릴 때 옆집 살던 아주머니를 만나 엄마의 안부를 나눴다고 한다.
그 얘길 들었을 때 "세상 진짜 좁다!"라고 감탄했는데…….
이 좁은 나라에서 지난 사람들을 만날 가능성은 더욱 높다.
그럴 때면 예전에 풀지 않고 끊어낸 감정들이 되살아나 그제야 밀린 숙제하듯 예전의 일들을 복기하며 다시 풀어가기도 했는데, 그땐 왜 그렇게 힘들었나 싶을 정도로 별일 아닌 것들이 많았다.

삐끗 타임에는 갑자기 닥친 일들에 발을 동동 구르며 안절부절못하느라 눈앞의 것들밖에 보이지 않았는데 오히려 조금 거리를 두고 이 관계에 대해 천천히 생각하다 보면 어딘가 해결책이 있었다.
그게 좋은 해결인지, 나쁜 해결인지는 당장엔 알 수 없지만 분명한 건 방법이 있다는 거였다.

그러니 오늘 밤에는 그냥 아무 생각 말고 자야겠다.
내일 아침엔 조금 더 냉정히 지금의 문제에 대해 생각해볼 수 있을 테니까.

유미 감정 사전 4.

자신감 세포가 필요해

자신감이 샘솟는 아침

오늘따라 좀 예쁜 유미인 것 같은 날.

더 신경 써서 옷을 입고 나간다.

좋은 옷을 입으면 괜히 더 기분이 좋아져서 이런 날은 점심 메뉴도 조금은 특별하게!

점심 식사를 함께한 친구들이 레스토랑 아르바이트생이 잘 생겼다며 흥분을 감추지 못했지만, 오늘의 나는 나밖에 안 보인다.

퇴근 후에도 괜히 오늘은 나를 위해 근사한 한 끼를 차리고 싶어서 평소보다 시간도, 정성도 더 들여서 요리도 하고 가장 좋은 접시에 예쁘게 담아 SNS용 사진도 찍었다.

뭔가 더 좋은 내가 된 것 같은 하루.

어떻게 해도 자신감이 1도 생기지 않는 아침

오늘은 뭘 해도 내가 마음에 들지 않는다.

이 옷도 탈락. 저 옷도 탈락. 이렇게 옷이 없었나.

매달 옷을 사는데도, 매일 아침 입을 옷이 없는 마법은 대체 누가 부리는 걸까.

다 후줄근해 보이고 마음에도 들지 않아 그냥 대충 입었다.

점심도 왠지 귀찮아 그냥 빠르고 간단한 걸로 한다.

맨날 회사 근처에서 먹다 보니 뻔한 메뉴라 지겹기도 하다.

업무를 마치고 나니 진이 다 빠지는 기분이라 편의점에서 도시락을 사다가 한 끼 때우는 느낌으로 그냥 먹는 거다.

뭔가 서글프고 서러운 느낌.

자신감이 샘솟는 아침과 어떻게 해도 자신감이 1도 생기지 않는 아침은 이렇게 내 하루를 완성한다,
어릴 적 읽었던 동화 『메리 포핀스』에서는 침대에서 일어날 때도 옳은 방향이 있어서 나쁜 방향으로 일어난 날에는 하루 종일 심술만 나는 거라고 했다.
그래서 맨날 침대에서도 같은 방향으로만 일어나는데!
그런데도 매일의 기분은 왜 이렇게 다른 걸까.

내가 마음에 들지 않는 그런 날이면, 어디서 자신감을 좀 사서 몸에 부착하고 싶다.
아니, 지금이 어떤 시대인데 편의점에서 자신감쯤은 팔아줘야 하는 거 아니냐고!
와…… 그런데 이 아이디어 너무 멋있다. 편의점에서 자신감을 판다니.

이걸로 글 쓰면 나 막 SF 작가 되고 이럴 거 같은데?

역시 나는 반짝이는 뭔가가 있었어.

오늘 기분 별로였는데, 나…… 지금 막 다시 기분 좋아진다!

Chapter 5

난 그저 행복해지고 싶을 뿐이야

이 기회를 날려버릴 수 없어 밀고나간다

☼

사실 불안했다.

잘 숨기고 있다고 생각한 마음인데, 말 실수라도 해서 들켜버릴까 봐.

내가 그 사람에게 이야기하기 전에, 남들의 입을 통해 그가 알게 될까 봐.

그래서 사람들 앞에서 더 표정을 숨기고 말을 조심하려고 노력했다.

하지만 단둘이 꽃 축제에 갈 수도 있는 그 절호의 기회를 놓치는 건 아까웠다.

마음속에선 이미 환호성을 치고 있었지만, 그걸 고스란히 내비치면 내 진심을 들킬 것 같아 아주 잠시 고민했을 뿐인데, 그게 내가 난처해하는 것처럼 보였나 보다.

어색하게 웃으며 유미 씨 곤란하면 없던 일로 하자는 말이 나오는 순간 내 본심이 참지 못하고 폭발해버렸다.

물론 너무 좋은 건 티가 나지 않게 무심하면서도 상냥하게 대답하려고 했는데 입꼬리에서 웃음이 새어버린 거다.
나…… 들킨 걸까.

아니, 그렇지 않았다.
그는 그렇다면 같이 가자고 멋쩍게 웃었고, 내 걱정과는 달리 사람들은 그와 내가 주말에 단둘이 만난다는 것에 크게 신경을 쓰는 것 같지 않았다.

사실이 그렇다.
사람들은 내 생각보다 내 일에 관심이 없다.
물론 어디나 존재하는 뒷말이 나올 수는 있지만, 심심풀이로 전해지는 말들은 힘이 없어 오래가지 않는다.
속담에 발 없는 말이 천 리 간다는 말이 있다. 그런데 실체가 없는 말은 그만큼 빨리 퍼지기도 하지만 금방 사라지기도 하는 법이다.

그걸 알면서도 이렇게 이 사람, 저 사람 눈치 보느라 망설이느라 다시 오지 않을 수도 있는 이런 기회를 놓칠 뻔했다니.
그랬다면 나는 오늘 밤 후회로 점철된 눈물을 흘리며 나 자신을 원망했을 거다.

무슨 일이든 승부수를 띄워야 하는 순간은 언젠가 오고, 내게 그런 것이 있다면 바로 꽃 축제를 향한 그 첫걸음이었다.

부디, 나의 이 첫걸음이 위대한 승리를 향한 시작이기를.

그나저나, 나 뭐 입고 가지?

설탕이 아니더라도 세상엔 달콤한 게 널려 있지

☼

왠지 모르게 서러운 날에는 딸기 쇼트케이크를 상상하면 기분이 좀 나아진다.
하얀 생크림 위에 빨갛게 자리 잡은 딸기라니. 벌써 그 모양새부터 달콤하잖아.
포크로 크게 한 덩어리 잘라서 입에 넣었을 때의 그 촉촉한 느낌은…… 아, 상상만 해도 침이 고인다.
이런 날은 퇴근 후 바로 디저트 가게로 달려간다.
딸기 쇼트케이크만으로 충분하지 않다면 마카롱을 두 개쯤 추가하고, 생크림을 듬뿍 올린 초콜릿 음료를 함께 주문해 입에 넣는 순간, 그날의 이유 모를 슬픔이 다 사라지는 기분이다.
아무래도 내 안에 달달 배터리라는 것이 있는 건 아닐까, 싶을 정도의 기분.

하지만 오늘은 그것으로도 해결되지 않았다.
스트레스가 내 안에 가득 차서 넘실대고 있었다.
당장 처리해야 할 업무가 쌓여 있었고, 들어가야 할 회의는 또 왜 이리 많은지.
저마다 자기 이야기만 하고 아무 소득 없는 회의를 연달아 마치고 나니, 업무는 더 늘어나 있었고 이 회사의 일을 나 혼자 하는 것 같은 기분마저 들었다.
업무의 홍수에서 간신히 중심을 잡고 있는데, 그걸 다 아는 동료가 자신의 휴가 계획을 시시콜콜 이야기하며 어떤 옷을 사서 입어야 할지 골라달라고 인터넷 쇼핑몰 링크를 보낸 순간 그만 머리가 터져버리는 것 같았다.
목구멍까지 차오르는 나 좀 그냥 내버려두라는 말을 애써 삼키며 퇴근하는 길, 저 멀리 얼마 전 소개팅으로 만났던 남자가 다가오는 게 아닌가.

"유미 씨, 무슨 일 있어요? 얼굴이 안 좋은데."

왜 그 한마디에 왈칵 눈물이 나고 만 걸까. 이런저런 속마음들을 나도 모르게 아직은 낯선 사람에게 토로하고 나니 조금은 마음이 풀리고 있었다.

괜찮다며, 힘내라며 갑자기 내 손을 잡는 바람에 마음에서 폭죽이 터진 건 말할 것도 없고.

아, 정말 힘이 드는 날엔 달콤한 디저트보다 상냥한 말 한마디가, 다정한 손길이 더 위로가 되는 법이라는 걸 오늘 이렇게 깨닫는다.

운명은 없어. 선택만 있을 뿐이야

☼

예전엔 운명이라는 걸 믿었다.

그래서 마음에 드는 사람이 나타나면 그 사람의 새끼손가락을 유심히 쳐다봤다.

내 새끼손가락의 붉은 실과 연결되어 있는 운명의 상대인지 알아보려고. (나…… 참 순진하고 귀여웠지.)
운명의 상대라고 생각되는 순간, 상대방의 마음도 나와 같을 거라는 걸 의심조차 하지 않았다. 일방적인 건 없는 거니까.
또 내가 '운명'이라고 정한 순간 그 말에 내가 묶여버렸다.
한순간 화르륵 불타오른 감정은 그만큼 식기도 쉬운 거라서, 내가 그에 대한 열정을 잃어도 운명이라는 생각에 관계를 질질 끌기도 했다.
그래서 일부러 더 좋아하는 척하고, 뭐든 다 퍼주려고만 하고. 내가 다 맞춰보려고 했다.
하지만 운명이란 건 완전한 내 착각이었다. 그건 근거 없는 생각이었고, 나는 그 근거를 찾기 위해 상대의 마음도 나 같기를 애써 바라고 있었다.
마치 허공에 대고 소리를 친 후, 메아리가 돌아오기를 기다리는 마음처럼 말이다.

몇 번의 허무하고도 서글픈 운명 놀이가 막을 내렸을 때야 나는 정신이 들었다.
성형으로 관상도 바꾸는 이 세상에 고리타분하게 무슨 운명이란 말인가.
운명이 있다면 그건 태어나고 죽는 것뿐일지도 모르니…….

이제 나는 내 마음이 가는 쪽으로, 내가 하고 싶은 대로, 모든 걸 내 마음의 소리에 맞춰 선택하기로 했다.
싫으면 안 보고 좋으면 계속 보는 것도 나의 선택에 의한 것이고, 내가 누굴 만나고 누구와 헤어지냐는 것도 나의 선택이다.
하늘이 정해준 것 같아 따라가는 방향이 아니라, 온전히 내 선택으로!
내 인생에서 최우선 순위는 오직 나뿐이니까 말이다.

싫은 건 싫다고 하고 좋은 건 좋다고
하면 되는 거였어

☼

"아니, 나 그건 안 하고 싶은데?"

"난 싫어!"

거울을 보고 그 말들을 연습했다.

거절 못 하는 내가 너무너무 싫을 지경이었다.

내일부터 누가 뭘 부탁해도 무조건 싫다고 할 테다!

자연스럽게 싫다고 말하는 걸 연습하는 내 각오였다.

아니, 살다 살다 싫다고 말하는 것까지 연습하다니…….

내 꼴이 우습기도 했지만, 그래도 나에겐 '싫다'라는 두 글자가 너무 절실했다.

내가 그 말을 아무렇지 않게 쓸 수 있는 상대가 유일하게 엄마뿐이라는 것도 마음에 들지 않았다.

드디어 처음, 친구의 부탁에 거절을 해야 할 때가 왔다.

"저기 내가 그건 좀 어려울 거 같은데……."

어색하지 않게 말하려고 했는데, 완전히 망해버렸다.
누가 봐도 책 읽는 톤으로 매우 부자연스러웠다.
이번 생에 '싫다'는 말은 불가능한 건가, 하는 생각을 하고 있을 때 친구가 너무 아무렇지 않게 말했다.
"아, 그래? 그럼 어쩔 수 없지 뭐. 이런 거 부탁해서 미안."
응? 나는 친구가 기분 나빠하거나 화를 낼 수도 있을 거라 생각했는데 의외로 너무 아무렇지 않게 반응해서 놀랄 지경이었다.
뭐야, 이거. 별거 아니잖아.

아주 어색한 첫 번째 시도 이후, 나의 '싫어'는 조금씩 자연스러워지기 시작했다.
누군가에게 거절을 한다는 것, 쉽지 않은 일이라고 생각했고 그것 때문에 괜히 사이가 안 좋아질 수도 있을 거라 여겼는데 전혀 그렇지 않았다.
오히려 솔직한 내 마음을 말하니 상대도 편하게 받아들였다.

그리고 싫다는 말을 할 수 있게 되면서 좋다는 말은 더 신나고 즐겁게 할 수 있게 됐다.
내 마음에 솔직하게 진심을 담아 이야기한다는 건, 이렇게 별거 아닌 일이었다.

먹는 게 너무 좋은 걸 어떡해

☼

내가 사는 곳 주변엔 공원이 많다.
특히 호수공원은 달리기 아주 적합하다. 꽤 규모가 커서 한 바퀴를 도는 데 두 시간 정도가 소요되고, 공원을 달리는 나 같은 러너들이 많아서 늦은 저녁에 뛰어도 무섭거나 외롭지 않다.
여러 장점이 많은 달리기 장소이지만, 무엇보다 좋은 건 근처에 먹을 곳이 많다는 거다.
달리다 힘이 들면 잠시 숨을 고르고 맛집 내비게이터를 작동시킨다.
오늘의 목적지는 핫도그 가게.
방금 기름에 목욕한 따끈한 핫도그에 눈처럼 하얀 설탕 옷을 입히고 케첩이란 날개를 달아줄 것이다. 그렇게 한 입 깨물면, 설탕이 입안에서 녹아들어가듯 세상 시름이 다 사라지지.
그 핫도그를 목표로 다시 달릴 힘을 얻는다.

다이어트 인생 3n년.
내 인생 좌우명은, 다이어트는 내일부터 하는 것이다, 먹는 게 남는 것이다 등등.
이 시대에 넘쳐나는 수많은 다이어트 관련 명언을 뼈에 새기고 있다고 해도 과언이 아니다. (그 명언이 '먹지 말라'에 관련된 것이 아니라 '먹어라'라는 것이라 문제이긴 하지만.)

어릴 때부터 달리는 걸 좋아해서 육상부도 했고, 지금도 꾸준히 마라톤 대회에 참석하고 있으니 이렇게 먹어도 이 정도를 유지하며 사는 거라고 생각한다.
텔레비전에 나와서 연예인들이 하는 말 중 제일 싫은 게 '원래 살이 안 찌는 체질'이라는 건데, 하늘이시여 왜 저에겐 그런 체질을 주지 않으셨나이까.
타고난 걸 바꿀 수도 없고 원망만 할 수도 없으니, 나는 오늘도 공원을 달리는 수밖에.

친구는 나한테 좀 덜 먹으면 되지 않겠냐고도 했지만…….
이미 사랑하고 있는 대상을 좀 덜 사랑하라는 말이나 다를 게 뭐란 말이냐.

힝…… 어제부터
쫄쫄 굶었더니
너무 배고프다

분명 나는 잘해낼 수 있을 거야

☼

불안이 넘실거리는 밤이 있다.
중요한 결정을 눈앞에 두고 있을 때, 온갖 경우의 수들이 떠오르고 최악의 상황을 상상하기도 한다. 분명히 일어날 리 없는 상황까지도 한 편의 단편 막장 드라마가 되어 생생하게 머릿속에 그려진다.
이런 망상 괴물을 퇴치하기 위해선 아주아주 매운 걸 먹어야 한다.
눈물이 나고 온몸에서 땀이 쏙 빠져나갈 만큼 매운 음식을 먹고 나면, 얼얼하면서도 땀이 빠져나간 자리에 서늘한 기운이 돌며 온몸에 엔도르핀이 차오르는 기분이 된다.
그때가 되면 조금은 더 냉정하고 현명한 판단이 가능하다.
내일 일도 모르는데 더 먼 미래를 걱정해서 뭐하겠으며, 나는 그냥 나만 믿고 내 마음이 가는 방향으로 선택하고 나아가면 된다는 확신이 든다.

아니, 이게 지금…… 내가 닭발이 먹고 싶어서 지금 핑계 대는 건 아니다.
진짜다.
방금 배달된 이 닭발은 내가 나를 위해 응원의 메시지를 보내는 '애윰심(애국심과 비슷하게 만들어진 말로 유미를 사랑하는 마음)'의 발현일 뿐이라고!

저 닭발의 곧게 뻗은 모양이 마치 'PEACE!'를 외치며 나를 응원하는 것 같지 않은가!
이 기운을 받아 분명 나는 잘해낼 수 있을 거다!

닭발 먹고 싶다

전략은 차고 넘쳐. 부족한 건 용기거든

☼

나는 꽤 수다스러운 편이지만, 정작 중요한 문제는 말을 못 한다.
친구가 돈을 빌려갔는데 걔 형편 빤히 아는데 독촉하는 모양새일 거 같아서 말 못 하는 경우도 있고, 연봉 협상할 때가 되었는데 아무 말이 없을 때에도 괜히 나 혼자만 말을 꺼내는 거면 계산적으로 보일까 봐 말을 못 하는 경우도 있다.
특히 돈과 얽힌 이야기는 꺼내기 어려울 때가 많아서 다른 건 말만 잘하면서 이 경우에만 말을 못 하는 내가 나도 참 답답하다.

하루 벌어 하루 먹고사는 것 같은 하루살이 인생에 돈 만큼 중요한 게 어디 있다고.
내가 말하지 않으면 아무것도 해결되지 않는다는 걸 너무나 잘 알고 있는데도, 왠지 돈에 관한 건 괜히 내가 속물처럼 보이는 것 같아 입을 다물게 된다.
너무나 당연한 나의 권리인데도 말이다.

그 외에도 말을 하지 못하는 상황은 얼마나 많은가.
비밀 유지를 부탁받은 이야기들, 새어나가면 나의 약점이 될 만한 것들, 괜히 말 꺼냈다가 본전도 못 찾을 것 같다고 지레 겁먹은 것(예를 들어 남자친구에게 묻고 싶은, 너는 나와 결혼을 생각하고 있는 거냐는 말)들.
어쩔 때는 당연히 비밀로 해야 하지만, 더 속에 담아두다간 내가 병날 것 같은 순간도 찾아오기 마련인데…… 그럴 땐 정말 속이 타들어가는 기분이다.

아무리 생각해도 어릴 때부터 우린 겸손해야 한다, 말을 아끼는 게 미덕이라는 교육을 받으며 자란 탓인 것 같다. 그 교육 때문인지 동방예의지국이라는 타이틀을 얻고 용기를 잃은 기분이랄까?
하지만 지금은 글로벌 시대 아닌가.
그런 가르침 따위는 잊어야 할 때도 분명 있을 것이다.

겸손은 나의 권리보다 앞설 자격이 없고, 입을 다물어야 할 이유들엔 '당연히' 그래야 하는 건 없다.
'이건 비밀인데' 하며 들려오는 이야기들은 스스로 그것이 새어나갈 수 있음을, 이 세상의 지하 암반수층보다 더 아래에서 고이 지켜져야 할 의무 따위는 없음을 암시하는 것 아닌가.
정말 비밀이라면 나한테 말하지 말고 스스로 지켰어야지.

나는 그래서 비밀 유지에도 자유가 필요하다고 생각한다.
내가 그래야 한다고 믿을 땐 지켜주지만, 내가 병 걸려 죽을 것 같을 땐 누군가에게 '임금님 귀는 당나귀 귀!'라고 소리칠 자유가.
그 정도는 이 비밀을 전해 듣는 대가여야 하지 않을까?
그 자유를 내 마음속에 품는 것, 그래서 함구하지 않아도 괜찮다고 스스로 생각하는 것. 그것이 당신들의 비밀을 들어주는, 그리고 겸손을 빙자한 내 욕망을 감추고 있는 것에 대한 대가 말이다.

고민한다고 달라지는 것도 아닌데 말이지

☼

한때는 고민이 너무 많았다.
사소한 것까지 다 고민을 하다 보니 머리가 터질 지경이라, 고민을 잘하는 법이나 고민을 안 하는 법 같은 책을 찾아 읽었다.

그 모든 책의 결론은 하나였다.
고민을 안 하는 법은 없으니, 그걸 인정하고 눈앞의 작은 문제부터 하나씩 해결하면서 꼭 필요한 것만 많이 고민하라는 것이었다.

……제가 이런 답을 원하려고 책을 사본 건 아니었습니다만, 느낀 점은 있다.

뇌과학이나 심리학의 대가라는 사람들도 '고민을 없애는 방법' 같은 건 알지 못한다는 거다.
그냥 누구나 고민과 걱정을 안고 살고 사람이라면 그게 너무나 당연하다는 거.
하긴…… 외국 속담 중엔 이런 말도 있다지 않는가.
걱정을 한다고 걱정이 없어지면 걱정이 없겠다는 말.

지금 당장 복권 1등에 당첨된다고 해도 또 다른 고민거리가 생길 테고, 지금의 걱정이 다 해결된다고 해도 또 다른 문제가 생길 게 분명하다.
이건 내가 생각하는 영장류로 태어났기 때문에 안고 가야 하는 숙명이란 말인가.

고민을 안 할 수가 없는 거라면, 지금의 문제들을 즐겨보기로 했다.
머리가 터질 것 같을 땐 이걸 해결한 후에 얻게 될 달콤한 보상들을 상상하고, 지금 아니면 이런 걱정도 하지 못할 거라고 나를 위로해보기로 했다.

그리고 하나씩 처리해나갔다.
고민이 사라진 곳에는 또 다른 고민이 자리 잡아 고민 총량은 불변이었지만 나만의 방식을 만들어내니 두려운 마음도, 지끈거리던 두통도 조금은 사라졌다. (그러고 보면, 그 책들에 답이 다 있었던 셈이다.)

이 이야기의 주인공은 한 명이거든

☼

BOW-WOW
TIME
이 이야기의
주인공은 한 명이거든

어릴 적에는 글을 쓰는 사람이 되고 싶었다.
빨강머리 앤, 하이디, 키다리 아저씨 같은 동화 속 소녀들을 보며 꿈을 꿨고, 누군가를 꿈꾸게 하는 글을 쓴다는 건 정말 멋진 일이라고 생각했다.
그 꿈은 어른이 되며 조금씩 잊혀졌다.
글을 써서 성공하는 사람은 아주 극소수이며 나는 그중에 낄 만큼 재능이 없다고 생각했기 때문이다.

대신 나는 다른 꿈을 꿨다.
아주 평범하게 사는 꿈.
세상이 정한 기준 같은 것이 있는 것처럼 그에 발맞춰 사는 꿈을 말이다.
주변 친구들의 속도에 맞춰 취업을 하고, 연애를 하고, 결혼을 하고, 아이를 낳고.
그게 잘 사는 거라고 생각했다. 거기에 진짜 내 꿈 같은 건 없었다.

나는 남자 주인공이 있어야 완성되는 여자 주인공이었다.
내 인생을 안정되게 해줄 누군가를 만난다면 그 후의 일들은 따라올 것이라 믿었다.

내가 지금 하는 이 모든 고민이나 걱정, 상상이 모두 '나'를 위한 거라는 생각은 하지 못했다. 그렇기에 내가 추구하는 행복 역시 그냥 다른 사람들을 따라가는 길로 가는 것처럼 되고 말았다.

하지만 내가 틀렸던 거다.
내 이야기의 주인공은 그냥 나 하나였다.
남자 주인공 따위는 애초에 존재하지 않는.
그 누구로 인해 행복해지거나 안락해지는 게 아니라, 내가 컨트롤하는 인생, 내가 모든 것을 조종하는 나의 이야기일 뿐이었다.
이 사실을 잊으면 안 됐다.
이걸 직시하는 순간, 모든 건 명확해졌다.

내가 꾸리고 만들어가야 할 세상에 행복해야 하는 사람은, 한 명뿐이라는 것이.
그건, 바로 '나'였다.
우리는 모두 해피 엔딩을 바라고, 내 인생의 엔딩 역시 내가 만드는 것이니까.

하고 싶은 대로 해봐.
그래야 나중에 미련이 안 남거든

☼

퇴사를 결정하기 전, 당연하게도 너무 많은 고민이 있었다.
당장의 월세, 생활비는 그동안 조금씩 모아놓은 걸로 알뜰하게 버텨본다고 해도 내 경력은 괜찮은 걸까.
회사를 그만두면 당장은 좋겠지만, 한 달만 지나도 그 편안함이 사라지고 불안만 남지 않을까.

어쩌면 아닐지도 몰랐다.
바로 더 좋은 직장에 들어갈 수도 있고, 갑자기 어떤 출판사에서 내가 그동안 SNS에 올렸던 글에 감명을 받았다고 책을 내자고 할 수도 있고, 무슨 일이든 일어날 수도 있었다.

글을 써보고 싶어서, 다른 미래를 도모하기 위해 회사를 그만둔다는 말에 누군가는 이런 이야기를 해줬다.
우리 나이에 꿈이란 음악, 영화, 산책, 봄날의 공기 같은 것이라고.
누구나 좋아하지만 그래서 취미라고도 좋아한다고 잘 말하지도 않는 그런 것. 어른에게 꿈이란 누구나 갖고 있지만 이루겠다고 말하지 않는 거라고.

그런데 왜 안 되는 걸까.
누구나 하고 싶어 하지만 막상 손은 뻗지 못하는 걸, 나는 해보겠다는 건데.
지금 안 하면 평생 못 할 것 같아서 저 모든 불안을 다 떨치고라도 손을 내밀어보겠다는 건데.

나는 미래의 내가 아닌 지금의 나를 위해 결국 퇴사를 결정했다.
그리고 지금 간절한 것을 시작해보기로 했다.
그게 지금의 나를 위한 길이기도 하지만, 미래의 내가 후회하지 않을, 미련으로 가득한 과거를 회상하지 않을 더 나은 길이라고 판단했으니까.

여전히 미래가 불안하고, 퇴사 후 점점 바닥을 보이는 통장 잔고는 시시때때로 현실을 자각하게 만들지만 그래도 이상하게 내 삶에 대한 만족도는 나날이 높아진다.

내가 나를 지키며 살아간다는 것, 나를 믿는다는 건 아마 이런 게 아닐까.

유미 감정 사전 5.

당신의 프라임 세포는?

누구에게나 가장 강력한 무기는 하나씩 있다.
평소에는 볼 수 없는 행동을 이끌어내기도 하는, 나의 전력을 이끌어내는 가장 큰 동기.

스스로를 멋있게 포장하기 위해서는 '꿈', '목표'가 나를 움직이는 동력이라고 말해야겠지만, 나도 양심이 있지.
때론 사랑도 나를 움직였고, 때론(아니, 자주) 눈앞에 아른거리는 야식이 나를 움직였다.
물론 아주 가끔은 꿈이나 목표에 대한 달성 욕구가 내 행동에 부스터를 달아주기도 했다.

전혀 다른 것 같은 이 동기들은 사실은 단 하나를 위한 것이었다.
바로 내 행복. 지금 나의 만족.

내가 눈으로 보지 못하는, 그냥 내 몸 어딘가에 있을 거라고 추측되는, 나를 이루는 세포들, 마음들, 그리고 뇌 속 해마까지도……. 이 모든 게 오직 나의 행복을 위해 돌아가고 있다는 생각을 하면 뭉클하기까지 하다.
행복이라는 너무 흔한 말이 사실은 내 존재 이유라는 것이 증명되는 기분이고, 뭔가 저 밑 깊숙한 곳부터 으라차차 하고 용기가 올라오는 기분이랄까.

그렇게 나만을 위해 오늘도 열심히 일해준, 보이지 않는 나의 모든 것들 하나하나에게 감사한 마음으로 나는 내일도, 그리고 보이지 않는 미래에도 즐겁게, 기쁘게 지내고 싶다.
FOR 유미!

KI신서 8850

유미의 일기장

1판 1쇄 발행 2020년 1월 6일
1판 7쇄 발행 2023년 3월 8일

지은이 유미
원작 이동건
펴낸이 김영곤
펴낸곳 ㈜북이십일 21세기북스

정보개발팀장 장지윤 **정보개발팀** 강문형
디자인 형태와내용사이
출판마케팅영업본부 본부장 민안기
마케팅1팀 배상현 한경화 이보라 강효원
출판영업팀 김수현 이광호 최명열 김다운
제작팀 이영민 권경민

출판등록 2000년 5월 6일 제406-2003-061호
주소 (10881) 경기도 파주시 회동길 201(문발동)
대표전화 031-955-2100 **팩스** 031-955-2151 **이메일** book21@book21.co.kr

(주)북이십일 경계를 허무는 콘텐츠 리더

21세기북스 채널에서 도서 정보와 다양한 영상자료, 이벤트를 만나세요!
페이스북 facebook.com/21cbooks
인스타그램 instagram.com/book_twentyone
유튜브 www.youtube.com/book21pub
포스트 post.naver.com/21c_editors
홈페이지 www.book21.com
카카오1boon 1boon.kakao.com/whatisthis

ISBN 978-89-509-8556-1 03810